KB252604

와인 창고 살인 사건

# 와인창고 살인사건

알프레드 코마렉 지음 | 진일상 옮김

북스토리

# 차례

# 지하실의 시체

알베르트 하안은 마치 사해(死海)에서 시체놀이라도 하는 듯 그곳에 누워 있었다. 조명 없는 와이너리*의 어둠이 그의 육중한 몸을 조심스레 감싸고 있었고, 계단 쪽에서 스며든 어슴푸레한 불빛에 뚱뚱한 배의 곡선만이 드러나 있었다.

폴트 경위는 한눈에 그가 누구인지 알 수 있었다. 사해에 관해서는 들었을 뿐이지만 말이다. 검은색 수영복을 입은 중년의 남자가 사해의 소금물 위에 누워 익살스럽게 떠 있는 사진을 잡지에서 본 적이 있었다. 문득 그

---

* winery. 포도주를 만드는 양조장.

사진의 타이틀이 생각나 자신도 모르게 웃고 말았다. 아마 그 남자는 귀를 앞뒤로 흔들거나 손자들을 웃기는 다른 재주도 있었던 것 같다.

폴트는 얼굴에서 이곳과 어울리지 않는 웃음을 싹 걷어내고는 막대기 모양의 램프를 켜서 와이너리를 가득 채우고 있는 어둠의 마법을 풀었다. 바닥에는 뚱뚱한 남자 하나가 죽어 있었다. 참혹한 모습으로.

나이 든 공의* 아이히호른 박사와 와이너리의 이웃 두 사람도 그 옆에 장승처럼 말없이 서 있었다. 커다란 관을 통해 빨아들인 지하의 공기를 밖으로 빼내느라 닥트**에서 윙윙 소리가 났다.

"발효 가스인가요?" 경위가 물었다.

의사는 시체의 짧은 팔을 약간 들더니 살집이 두툼한 손바닥을 위로 향했다가 다시 떨어뜨렸다.

"9월 중순 이래 이 근방에서만 네 번째야."

의사가 시큰둥하게 말했다.

"경솔한 짓이야, 제기랄. 미심쩍은 점은 없군. 사망진단서는 이미 제출했어."

의사는 진지하게, 하지만 어쩐지 화가 난 듯이 지하실

---

* 公醫, 지역 의료 담당 의사.
** 나쁜 공기를 빨아내는 환풍기.

문쪽을 쳐다보았다.

"여하튼 이번에는 제대로 임자를 찾았지만 말이야."

폴트 경위는 고개를 들어 의사에게 질책의 시선을 던졌다. 그러나 그 말이 무슨 뜻인지 너무나 잘 알고 있었기에, 아무 말도 하지 않았다.

"내가 발견했어."

와이너리의 이웃 사람 중 하나가 묻지도 않았는데 말했다. 큰 키에 마르고 주름이 많은 그 남자는 어쩌면 일흔쯤에서 나이 먹기를 멈춘 듯했다.

"와이너리에 오래 있는 게 이상해서 건너와 봤네. 보통은 몇 분 정도 있다가, 와인 몇 병 꺼내 오거나 금방 가버리거든."

"그럼 오늘은?"

경위가 덧붙여 물었다.

그 이웃 남자는 의료보험으로 처리한 투박한 안경 렌즈를 세심하게 닦았다. "아마 10분 정도 되었을 거야. 조금 기다렸지. 이 사람 일에 관여하고 싶지 않았거든. 자네도 알잖아, 시몬."

프리드리히 쿠르츠바허와 정말 오랜 친구 사이인 시몬 폴트는 말없이 고개를 끄덕였다.

"아무튼 별생각 없이 저장고로 내려갔어. 여긴 와인통

이 없거든. 그런데 발효 가스를 느끼고는 곧바로 올라와 카를에게 달려갔어. 우리 두 사람은 숨을 참고 다시 아래로 내려가서 알베르트를 출구 쪽으로 조금 끌어당겨 놓은 뒤 여기 그대로 두었네. 더 이상 어떻게 할 수가 없었거든. 그리고 내가 아이히호른 박사에게 전화를 했고, 카를은 아래로 다시 내려가기 위해 닥트를 가져왔다네."

"맞아요."

다른 이웃 사람이 무뚝뚝하게 덧붙였다.

"그렇지만 모든 게 너무 늦었더군요."

"그런데 발효 가스는? 이웃 저장고에서 들어온 것인가요?"

폴트 경위가 물었다.

"아마도."

카를이 짤막하게 대답한 후 자신의 이웃을 쳐다보았다.

"우리 저장고 중 하나겠지."

2미터가량의 키에 젖살을 빼지 못했는지 약간 뚱뚱한 폴트는 성가신, 거의 고통에 가까운 불쾌감이 솟구치는 것을 느꼈다. 이 죽음이 브룬도르프, 아니 이 근방의 사람들 모두를 만족시킬 거라는 생각이 들긴 했지만 말이다.

그는 말없이 주위를 돌아보았다. 그는 포도 압착장 그 자체를 좋아했고, 와이너리는 더욱더 좋아했다. 황량하지만 낙원 같은 작업장, 동시에 뻔뻔할 정도로 강한 남자들의 낙원. 그러나 이 포도 압착장은 달랐다. 여기서는 포도즙이 발효되는 냄새는 물론이고 심지어 쥐 냄새도 나지 않았다. 하기야 여기서 쥐들이 할 게 뭐가 있으랴. 포도 압착장은 비어 있었다. 낡은 포도 압착기는 몇 년 전에 땔감으로 생을 마감했고 나무 광주리와 작업도구들도 사라진 지 오래였다. 노란색의 지저분한 플라스틱 의자만이 어둠 속에서 빛을 내고 있었다.

폴트 경위는 이 공간에 가해진 폭력에 관해 생각하기 시작했다. 이 공간이 추하고 의미 없는 껍데기로 내버려지기까지의 과정을 말이다. 무표정한 얼굴로 말없이 굳어 있던 두 명의 포도 경작자들도 아마 비슷한 느낌이었을 것이다. 자신들의 포도 압착장과 저장고였다면 이 상황과 더욱 잘 어울렸을 것이다. 이들의 두 발은 닳고 닳은 벽돌 바닥에 친숙하고, 두 손은 어둠 속에서도 제 할 일을 할 테고, 모든 것들은 함께해온 세월 속에서 그 자리를 찾고 의미를 지니고 있을 터였다. 하지만 이 포도 압착장에는 더 이상 와인은커녕 할 일조차 없었고, 저장고에만 돈을 주고 산 와인 몇 병이 있을 뿐이었다.

"난 가네."

의사가 유쾌하지 않은 정적을 깨며 말했다.

"사망진단서는 받았습니다."

폴트가 그렇게 말하자, 이미 문간에 서 있던 의사가 고개를 끄덕였다.

다시 침묵이 퍼졌다. 모두들 이곳에서 환영받지 못한다는 것을 알고 있었다. 지금 시체로 누워 있는 하안은 대개 이곳에 혼자 있었다. 작년 어느 토요일 오후였던가, 마을 아이들 둘이 포도 압착장 앞 나무에서 몰래 버찌를 딴 적이 있었다. 알베르트 하안이 그것을 발견하고 쫓아왔을 때 한 녀석은 도망쳤지만 다른 아이, 페터 샤힝어는 그다지 몸이 빠르지 못했다. 하안이 그 아이를 때렸다는 증거는 어디에도 없었다. 페터 역시 그 일에 관해 말하지 않았고 몸에 아무런 자국도 없었다. 어쨌든 당시 하안은 아이를 저장고의 포도 압착장으로 끌고 갔다. 그곳에서 무슨 일이 있었는지는 알 수 없다. 어린 페터로부터는 아무런 이야기도 들을 수 없었다. 그는 에둘러 물어보는 어떤 질문에도 침묵했다. 그저 두 주먹을 꼭 쥔 채, 동그란 얼굴의 밝은 회색빛 눈동자만이 움직이지 않고 빛나고 있었다. 그 뒤로 페터는 악몽을 꾸는지 거의 매일 밤 소리를 지르며 잠에서 깼고, 아이를 진

정시키려고 아버지가 안아주려 하면 놀라서 몸을 뺐다
고 했다.

"우리 뭐라도 마실까?"

쿠르츠바허가 아무 생각 없이 물었다.

"하지만……."

시몬 폴트는 턱으로 지하실 계단을 가리켰다.

"아이히호른 박사가 장의사에게 이미 연락했어. 그 새
로 나온 전화로."

쿠르츠바허가 태평스러운 말투로 안심시켰다.

"그럼, 한잔할까."

시몬 폴트가 다시 쾌활하게 말했다.

## 초대하지 않은 손님

텅 빈 포도 압착장의 어스름으로부터 늦은 오후의 황금빛 햇살 속으로 빠져나오자 세 남자는 생기가 돌았다. 온몸에 따뜻한 햇살이 느껴졌다. 수확 철을 맞아 여기저기에 널려 있는 포도 찌꺼기에서 갓 짜낸 포도향이 났고, 그 주위로 하루살이들이 어지럽게 날아다녔다. 벌들이 윙윙거리는 소리와, 멀리서 들려오는 트랙터의 활기찬 모터 소리에 오토바이의 성급한 엔진 소리가 뒤섞였다.

프리드리히 쿠르츠바허의 포도 압착장은 몇 걸음 떨어진 곳에 위치해 있었다. 현관문 바로 옆에 뿌리를 내린 거대한 호두나무의 잎들이 흰 회벽 위에서 그림자놀이를 하고 있었다.

시몬 폴트는 마치 자기 집에 온 것처럼 그곳으로 들어섰다. 쿠르츠바허는 지하실을 향해 계단 몇 개를 내려가 문을 열고 그 안에서 2리터짜리 병을 가지고 왔다. 그는 작은 탁자 위에 병을 올려놓고 잔 세 개를 흐르는 물에 씻은 후 코르크 따개를 집어들었다. 시몬 폴트는 자신이 이 소리를 왜 그렇게 좋아하는지 자문해보았다. 나지막하게 '퐁' 하는 소리에, 뒤이어 짧지만 날카로우면서도 강렬한 마개 열리는 소리. 이것은 어쩐지 조롱하는 것처럼 들리기도 했지만 생기를 불어넣어 주면서 묘하게 정이 갔다. 프리드리히 쿠르츠바허는 마개를 슬쩍 코에 갖다 댄 후 아무렇게나 탁자 가장자리에 놓았다. 그는 잔 세 개에 와인을 채우고 자신의 잔을 불빛에 갖다 대며 말했다.

"깨끗하군. 제대로 반사되는데. 어때, 시몬?"

"그래."

폴트는 간단하게 대답하고는 벨틴*의 단정한 초록색보다 더 아름다운 색깔은 상상할 수 없을 것이라고 생각했다. 마을의 젊은 여교사가 이따금 환하게 웃으며, 폴트로서는 도저히 따라 할 수 없을 만큼 행복해할 때 그

---

* 와인의 한 종류.

녀의 눈동자 속에서 춤추던 작은 황금빛도 아름다웠지
만 말이다. 몸집이 큰 이 남자는 문득 자신의 입에서 기
묘한 신음 소리가 새어나오고 있음을 깨달았다. 신음 소
리는 처음에는 우수에 젖어 바닥에 떨어지다가 용감한
새처럼 낮게 떠 있는 태양의 비스듬한 빛을 따라 밖으로
사라질 때까지 날갯짓을 했다. 경위는 마치 그 영상을
없애거나 붙잡으려는 듯 손으로 눈을 쓸었다.

"두통이야?"

프리드리히는 무심하게 물었다.

"그 비슷해."

시몬은 대충 대답하고 잔을 들었다.

세 사람 모두 잠시, 그러나 뭔가를 생각하듯 코를 대
고 깨끗하면서도 신선한 향내를 음미하며 첫 모금을 마
셨다. 카를과 프리드리히가 맛을 인정한다는 듯이 고개
를 끄덕이며 약간의 와인을 입 안에서 굴리다 기분 좋게
삼킨 반면, 폴트는 남아 있는 마지막 한 방울까지 다 마
셨다. 그는 첫 잔은 단숨에 다 마시고, 두 번째, 세 번째
잔은 세상의 윤곽이 흐릿해질 때까지 계속해서 마시는
버릇이 있었다. 그러나 경위는 정신을 가다듬었다. 어쨌
든 근무 중이었으니까.

"저장고에서 갓 나온 것은 역시 신선해!"

그는 경건하게, 그리고 깊이 공감하듯 말했다. 다른 두 사람도 똑같이 고개를 끄덕이며 이 심오한 깨달음에 더 이상 말을 더하지 않았다.

"한 번은 물어봐야겠군, 프리드리히."

폴트는 잠시 사이를 두고 다시 물었다.

"자네들 소송은 어떻게 되었지?"

그는 조금 머리를 움직여 이웃 압착장을 가리켰다.

프리드리히 쿠르츠바허가 거침없이 잔을 들이켰다.

"이제 모든 게 달라질 거야."

그는 잘 아는 사이지만 친하지는 않은 카를을 건너다 보았다.

"그에 관해서는 나중에 이야기하지."

잠시 침묵이 흘렀다. 초대하지 않은 손님이 그 자리에 끼어든 느낌이었다. 보이지는 않았지만 뚱뚱한 몸매에 허연 알베르트 하얀이 그곳에 서 있었다. 그의 목소리가 들리는 듯했다. 우스꽝스럽게 높은 목소리, 때로는 냉랭함과 한없는 심술로 찢어지는 목소리.

"장의차가 도착한 모양이군."

프리드리히는 자동차가 도착하는 소리를 듣고 안심하며 말했다. 남자들은 작은 나무 탁자 위에 유리잔을 내려놓고, 압착장 앞에서 한네스 바인리히의 검은색 소형

버스가 모퉁이를 도는 것을 보았다. 장의사가 차를 운전하고, 옆에는 두 사람의 조수가 바싹 붙어 앉아 있었다.

한네스 바인리히는 시신에 대해 그다지 경건함을 보이지는 않았지만 꽤 사교적이었고, 진지한 삶을 그다지 진지하게 받아들이지 않는 타입이었다. 그런 성격은 자신의 소시민적인 부모를 화나게 하기 위해 이 직업을 택하면서부터 시작되었다. 그의 부모는 고위 관리의 삶에 모든 것을 걸었었다. 그는 브룬도르프에서 몇 킬로미터 떨어져 있는 부르크하임이라는 시골로 이사를 했다. 부르크하임은 작은 도시였지만 과거에는 보헤미아와 모라비아 지방과의 활발한 무역으로 인해 살기 좋은 곳이었다. 그러나 90년대에 들어서 경기가 침체되면서 주민들은 하나 둘 떠나기 시작했고, 이제 돈은 없고 시간은 많은 사람들만 남게 되었다.

하지만 한네스 바인리히만은 달랐다. 적긴 해도 꾸준한 수입이 있는 장례업 외에도 연료 매매를 했다. 언제인가, 누군가 죽을 때까지 기다리는 것에 만족할 수 없다고 선언한 뒤, 그는 묘지 벽 옆에 세워진 커다란 축제 막사에서 마흔 번째 생일 파티를 열었다. 묘지 인부들이 그릴을 설치하고, 관을 운구하는 사람들이 서빙을 했다. 관현악 주자들은 맨 정신이 아니어서 손님들이 놀라 서로 쳐다볼 정도로 엉망으로 연주를 했다. 이따금 들리는 정상적인 연주가 실수인 것처럼 느껴질 정도였다.

어쨌든 지금 이 장례업자는 진지하고, 정신을 차린 듯이 보였다. 그는 간단히, 그러나 친절하게 인사를 하고 덧붙였다.

"알베르트는 아직 아래에 있지?"

"그렇다네."

어느 정도 사무적으로 대답하던 폴트는 문득 몇 달 전 한네스와 함께 '술집에 오래 앉아 있기' 기록을 깼다는 사실을 떠올리지 않으려고 애를 썼다. 그때 스물두 시간 동안 즐거운 시간을 보내고 나서도 그들은 몸을 똑바로 가누고 일상으로 돌아갔었다.

"자, 그럼."

장례업자는 그렇게 말하고 지친 듯, 운구차의 문을 열어둔 조수들을 향해 머리로 자기를 따라오라는 신호를 보냈다. 채 2분이 걸리지 않아 영혼이 빠져나간 알베르트 하안은 들것에 실려 자신의 압착장을 떠났다. 영원히.

한네스 바인리히가 폴트와 나머지 둘에게 우울하게 말했다.

"난 이 순간이 싫어. 이렇게 차 안에 밀어넣어지는 순간 말이야. 그건 끔찍할 만큼 뻔하고도 뻔하거든. 차라리 다들 묘지에서 울고불고 관 위로 흙이 뿌려질 때가 나아. 하여간, 어쩌겠어. 그럼 시몬, 다음에 보세.”

그는 몸을 돌려 일행과 같이 차에 올라탔다. 검은 차가 모퉁이 뒤로 사라지자 남은 사람들은 와인을 마시기 위해 우물거리며 돌아갔다.

# 폭풍 전야

　시몬 폴트는 자신의 잔에 조금 남아 있던 와인을 마셨다. 몇 분 전처럼 더 이상 시원하지도 신선하지도 않았지만 폴트는 이 부드럽고 애절하게 입가에 맴도는 마지막 한 모금의 여운을 조용히 음미했다.

　"이상하지." 그는 천천히 말했다. "온갖 문제 때문에 평생을 알베르트 하안에게 복수하고 싶어하던 수많은 사람들이 있었는데, 막상 그가 죽고 나니 아무도 손가락 하나 대려고 하지 않는군."

　그는 생각에 잠겨 두 포도 재배자를 쳐다보았다.

　"그래, 때로는 그런 일들이 있지."

　카를이 뭔가를 말하려는 듯 입을 열었다. 폴트는 이런

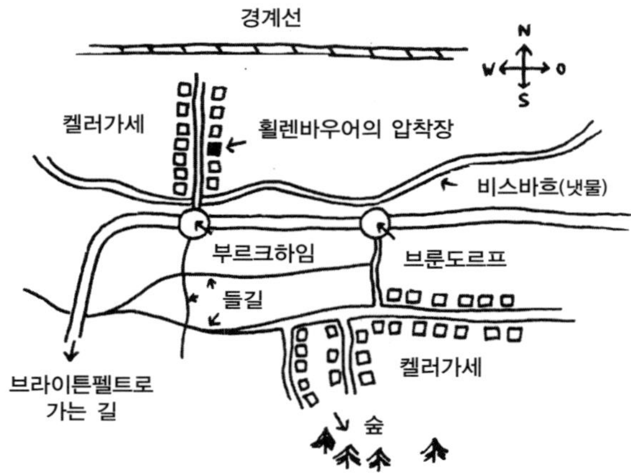


브룬도르프-부르크하임-켈러가세[*]의 지도

분위기에서 벗어나고 싶었고, 어차피 그를 위해 할 일도 없었기에 작별의 표시로 와인 잔을 밀쳐냈다.

"잘 있게" 하고는 몸을 돌렸다. 다른 말이 떠오르지 않았기 때문이다. 잠시 후 폴트는 햇볕에 뜨거워진 업무용 차를 돌려 포도밭과 수확이 끝난 들 사이의 좁은 도로로 들어섰다.

그는 빽빽하게 이어진, 외지인들에게는 혼란스러운 이 도로를 좋아했다. 이 길들은 몇 년 전에야 비로소 포

---

[*] 와이너리들이 모여 있는 곳.

장이 되었다. 도로 위로 많은 사람들이 스쳐 지나갔다. 간혹 차가 마주 오면 피해주기 위해 길 한쪽으로 비켜섰다가 낯익은 얼굴을 알아보고는 친하게 인사를 하거나 몇 마디 이야기를 나누기도 했다. 게다가 경위는 매번 이곳에서 교통 단속을 피해 우회하는 술꾼들을 붙잡기도 했다. 담으로 둘러싸여 있지 않은 풍경은 손에 잡힐 듯 가깝게, 아무런 방해 없이 강하게 다가왔다. 높고 낮은 언덕들이 서로 부드럽게 굴곡을 이루고 있었다. 여기에는 가혹한 공권력이 설 자리는 없어, 외부로부터 들어오지 않는 한. 시몬 폴트는 곰곰이 생각했다. 그렇지만 균형이 깨지기 시작하면 사건이 발생하는 것이다. 처음에는 장난처럼 움직이던 힘들이 갈등을 일으키거나 서로 부딪치기 때문이다. 그러면 폭풍우가 일어나서 평온한 자연을 힘들게 하고 위협할 것이다. 폴트는 그것이 두려웠다.

알베르트 하안의 장례식 때 누군가 울긴 할까? 미망인은 아마 울 것이다. 그녀는 무슨 이유인지 하안의 곁에 남았다. 경위는 놀랍게도 그녀의 목소리가 어떤지 전혀 모른다는 것을 깨달았다. 그녀는 거의 어떤 말도 하지 않았으니까.

맙소사. 그녀는 훨씬 이전에 무슨 일이 벌어질지 알았

던 걸까? 다음 교차로에서 그는 브룬도르프 쪽으로 차를 몰아 몇 분 후 마을의 못생긴 집들 중 하나 앞에 멈추었다. 알베르트 하안은 기울어진 낡은 농가를 유산으로 물려받아 층을 올리고 매끈하게 외부를 단장했었다. 농가의 현관문이 알루미늄 테두리의 유리문으로 바뀌었고, 회색 벽에는 새로 만든 적당한 크기의 창문이 달려 있었다. 창틀과 벽 사이에는 굳어진 접착제 덩어리가 노란색 창자처럼 흘러나와 있었다.

폴트가 문을 두드리자 곧 성난 개 짖는 소리와 발소리가 들렸다. 하안 부인은 한 손으로 문을 열고 다른 손으로는 붉은색 눈을 한 살찐 잡종 늑대개의 줄을 잡고 있었다. 그 개는 이빨을 드러낸 채 헉헉대고 있었다. 그녀가 개의 목줄을 놓아주었다.

"저리 가."

개는 그녀의 날카로운 목소리에 꼬리를 말아넣으며 고개를 떨어뜨리고 털레털레 마당 구석으로 갔다.

"부엌으로 오세요, 경위님."

그녀는 마음씨 좋게 말했다.

안으로 들어선 순간 쇠고기 수프 냄새가 났다. 커다란 냄비에 담긴 수프가 불 위에서 보글보글 끓고 있었다. 그러자 무척 편안한 느낌이 들었다. 하지만 그것도 잠시, 이내 목이 막혀왔다.

"하얀 부인, 댁의 남편이."

겨우 말을 꺼내고는 커다란 두 손으로 빙글빙글 경찰
모를 돌렸다.

"죽었죠."

잿빛 금발의 창백한 여인이 그가 할 나머지 말을 먼저
해버렸다.

"시골에서는 소식이 금방 퍼진답니다. 특히 좋은 소식
은요."

"좋은 소식이라고요?"

경위는 자신도 모르게 되물었다.

하얀 부인의 잿빛 눈이 그를 향했다.

"아마도 대부분의 사람들에게는요."

"그럼 당신에게는?"

"아이 참."

그녀는 내키지 않는 몸짓으로 부엌의 긴 의자에 있는
꽃무늬 쿠션을 바로잡았다.

"앉으세요. 왠지 후련한 기분이네요. 경위님은요?"

그 순간 건조한 흐느낌으로 그녀의 몸이 흔들렸다. 잠
시 후 그녀는 몸을 돌려 눈물을 닦았다.

폴트는 당황한 나머지 뭐라고 해야 좋을지 알 수 없어

서 부엌의 벽에 걸려 있는 그림만 뚫어지게 쳐다보았다. 거기에 나이 들지도 젊지도 않은, 작은 무늬의 싸구려 앞치마를 입은 하얀 부인이 있었다. 여위고 눈에 띄지 않는 부인이었다. 그녀는 다시 그를 쳐다보았다.

"제가 왜 그이 곁에 남았는지를 알고 싶으세요?"

그녀는 다시 조용히 물었다. 시몬 폴트는 말없이 고개를 끄덕였다.

"제가 가버리면, 이빨을 부러뜨리겠다고 그이가 말했답니다."

폴트는 여전히 아무런 말도 하지 않았다. 물론 공의가 하얀 부인의 이상한 부상에 대해, 멍이나 출혈에 대해 이야기했던 것을 기억하고 있었다. 하얀 부인이 온몸에 상처를 입고 팔이 부러져서 의사가 신고를 한 적이 있었다. 그녀는 당시 만취 상태에서 일어난 일이라고, 한밤중에 1층 계단에서 현관으로 굴렀고, 이른 아침에야 정신이 들었다고 말했었다.

"그가 당신을 때렸나요?"

폴트는 물었다.

"항상요, 그러고 싶을 때마다."

그녀는 아무렇지도 않은 목소리로 대답했다.

"저항하거나, 도움을 청한 적이 없었나요?"

“제겐 힘이 없었어요. 이미 수년 전부터요. 증오할 힘
도 없었어요.”

“그때는요? 계단에서 굴렀다던 그때 말입니다.”

몇 초간 그녀의 얼굴에서 웃음이 일었다.

“침실에서 싸움이 있었어요. 그가 욕설을 퍼부어대다
급기야 나를 계단에서 밀었지요. 오른팔이 어떻게 되었
는지 통 움직일 수가 없었어요. 그는 그 팔을 부드럽게
잡더니 삐걱 소리가 날 때까지 돌렸어요.”

“이제 어떻게 하실 생각인가요?”

“우리는 애가 없어요. 저는 집과 차, 약간의 돈을 물려
받겠지요.”

하얀 부인은 쇠고기 수프가 끓고 있는 커다란 냄비 안
에 찬물을 조금 더 부었다.

“연금도 약간 있을 거라더군요. 그럼 전 누구에게도
신세를 지지 않아도 됩니다. 그다지 나쁘지 않아요, 결
국은. 그렇지요?”

놀랍게도 폴트는 짧지만 심술궂은 웃음소리를 들었다.

“부음을 전하러 온 기분은 어떤가요?”

하얀 부인은 아무런 표정 없이 자신의 오른손을 경위
의 팔에 얹고는 물었다.

“꽤 끔찍하지요?”

"더 심하답니다."

폴트는 일어나서 모자를 눌러썼다.

"제가 도울 일이 있으면."

그의 몸은 벌써 문을 향하고 있었다.

"괜찮아요."

그녀의 목소리는 차라리 그를 위로하려는 것처럼 들렸다.

"이런 제기랄."

유리문이 뒤에서 닫히자마자 폴트가 중얼거렸다.

"이쪽으로!"

폴트는 이 힘찬 호령 소리에 잠시 멈칫했다. 그는 다시 조용히 돌아가 조심스럽게 유리문을 열고 하얀 부인을 보았다. 그녀는 흥분한 듯 구부정하게 서서 낑낑거리고 있는 개를 가죽 끈으로 때리고 있었다. 경위는 다시 조심스럽게 문을 닫고 깊이 한숨을 내쉰 뒤 순찰차를 탔다.

그는 차를 몰아 국도를 타고 재빨리 부르크하임의 변두리 지역에 도달했다. 그곳에는 새로운 주거지역이 들어서 있었는데 그곳을 설계한 건축가의 놀랄 만한 감각을 그대로 보여주고 있었다. 폴트의 근무지는 중심 광장을 둘러싸고 있는 거대한 저택들 가운데 하나, 즉 19세기 말 창업시대*의 풍요로움을 전면부에 잘 드러내고 있는 건물이었다. 아울러 이 건물에는 은행, 일주일에 두 번 근무하는 공증인의 사무실, 시립도서관도 함께 입주해 있었다.

경위는 자신을 위해 지정된 자리에 순찰차를 주차하면서 흐뭇한 웃음을 지었다. 이 근방에서 넘칠 만큼 충분한 것은 주차 공간뿐이었다. 폴트가 예쁘지 않은 짙은 녹색 보호선이 그려진 작은 현관을 지나며 당직 동료에게 인사를 하자, 그 동료는 얼굴도 들지 않고 퉁명스럽게 말했다.

"알베르트 하안이 죽었어."

그 어떤 의문도 없는 담담한 말투였다.

"그래. 발효 가스 때문인 것 같더군."

그는 한숨을 내쉬면서 두 개의 방 어딘가에 빈자리가 없는지 찾았다. 예전에는 자신만의 책상이 있었다. 그것은 견고한 벽으로 둘러싸여 있는 개인적인 영역으로, 모든 것이 잘 정돈되어 있을 뿐만 아니라 아무나 접근할 수 없는 은밀한 서랍도 몇 개 있었다. 하지만 얼마 전부터 그런 사치는 부릴 수 없게 되었다. 행정기구의 전문가라는 사람들이 누구든 필요할 때 사용할 수 있는 기능

---

● 1871년부터 1873년 사이 독일의 경제 도약기.

적인 영역을 만들면 원래의 공간을 더 효율적으로 사용할 수 있다는 의견을 관철시켰던 것이다. 사무실에서 어디에 뿌리를 내릴지 알려고 하는 인간은 비생산적인 감상의 소유자로 치부되었다. 사건 담당자와 서장만이 각자 책상을 가질 수 있었다.

시몬 폴트는 알베르트 하안의 사건에 관해 관할 경찰서, 관할 관청, 강력부, 치안부에 공문을 쓰는 일에 착수했다. 그는 불만스럽게 자신이 작성한 내용을 읽어본 후 딱딱한 문체에 다시 화가 났다. 별로 좋아하지 않는 이 일이 끝나자 퇴근 시간이 이미 지나 있었다. 그는 퇴근해서 평상시처럼 집으로 향하는 길에 산책을 즐기려고 했다.

저녁 시간이었지만 아직도 태양의 온기가 공기 중에 남아 있었다. 그러나 가을이 다가와 있음을 느낄 수 있었다. 깨끗하고 서늘한 기운이 잿빛 안개를 드리우는 가을의 전령 역할을 해주었다. 이 시간이면 소도시의 드문 도로와 골목에는 거의 인적이 없고, 술집에도 사람들이 많지 않을 것이다. 대화를 나누며 술을 마시는 대신 사람들은 말없이 텔레비전 앞에 앉아서 자신의 것이 아닌 다른 세계에 대해 떠드는 소리를 듣고 있을 것이다.

이제 민간인이 된 시몬 폴트는 점점 더 집으로 가고 싶은 생각이 없어졌다. 그는 독신이었고 건방진 수고양이 체르노호르스키 외에 자신을 기다리는 것은 없었다. 그 고양이도 충분히 먹을 것이 있는 한 자신을 아쉬워하지 않을 것이다. 어차피 폴트의 살림이 거덜 나지 않도록 돌봐주는 나이 든 에르나가 먹이를 챙겨주니까. 가득 채워진 고양이의 먹이 그릇에 대한 생각은 어느새 교회 옆 음식점의 통통한 마리아가 내놓는 훌륭한 돼지고기 요리로 옮아갔다. 그 푸짐한 음식 앞에 황금빛 거품이 수북한, 너무 차가운 나머지 이슬이 맺힌, 배가 불룩한 맥주잔이 놓였다.

## 나쁜 인간, 하얀

"아, 경위님. 오늘 하루도 고생 많으셨죠."

주인장인 프란츠 그라이징어, 줄여서 프란츠 그라이스가 폴트를 보며 말했다.

"맥주 좀 주게."

폴트는 의례적인 인사는 생략하고 목적지를 향한 단호한 걸음으로 곧장 주방으로 향했다.

"내가 뭘 원하는지 알지?"

그는 끓는 냄비에서 감자완자를 꺼내고 있는 마리아에게 말했다.

"알 것 같은데요."

여주인은 무뚝뚝한 말투와는 달리 식욕을 돋우는 웃음

을 선사했다. 시몬 폴트는 만족스럽게 자리로 돌아와 자신을 기다리고 있는 맥주 앞에 앉았다. 그는 서두르지는 않았지만 그렇다고 우물거리지도 않고 잔을 들어 경의를 표하며 한 모금을 들이켰다. 프란츠 그라이스는 익숙한 시선으로 맞은편 손님의 술 마시는 속도를 보더니 곧 몸을 구부려 맥주통의 꼭지를 잡았다.

"이 세상에서 한 사람이 줄어들었다지요?"

주인이 말했다.

"다른 이야기를 하는 게 좋을 것 같은데."

시몬 폴트는 그렇게 말하고 두 번째 잔을 적당량 들이켰다.

"그렇지만 이미 얘기가 나왔으니까, 사람들은 뭐라고 합디까?"

프란츠 그라이스는 너무 자라 덥수룩한 자신의 화려한 콧수염을 쓰다듬었다.

"저 같은 음식점 주인이 관여할 일은 아니지요. 그렇지만 모두들, 제 생각도 같아요. 그렇게 나쁜 인간에게는 너무나 편안한 죽음이라는 겁니다."

폴트가 뭐라고 할까 생각하고 있는데 마침 마리아가 돼지고기 구이를 주방에서 가지고 나왔다.

"맛있게 드세요, 시몬."

그녀는 친절하게 말하며 접시를 탁자 위에 놓고 붉은색 격자무늬 냅킨에 싸인 포크와 나이프를 그 옆에 놓았다.

갑자기 음식점의 다른 쪽에서도 "맛있게 드세요"라는 말이 들려왔다. 이미 자리를 잡은 폴트는 내키지는 않았지만 눈을 들어 나이 든 브루노 바르틀을 쳐다보았다. 그는 이제야 정신이 든 듯 지저분한 머리를 들고는 작고 충혈된 두 눈으로 경위를 보고 있었다. 폴트는 "고맙네"라고만 짧게 말하고 대화에 말려들지 않기 위해 서둘러 식사에 몰두했다.

브루노 바르틀은 정말로 불쾌한 인간은 아니었다. 그는 10여 년 전부터 자발적인 무직자가 되어 있었고, 이따금, 그것도 마지못해 도와주곤 하던 농부가 포도밭 오두막에 그를 재워주지 않았더라면 이미 오래전에 잘 집도 없었을 것이다. 날씨가 따뜻할 때는 괜찮았겠지만, 영하로 내려가는 겨울에 난방도 없이 말이다. 바르틀이 과도한 주량을 잘 이겨내고, 동상을 견디어내는 데는 어떤 전략이 있음에 틀림없었다. 물론 가끔 사고도 있었다. 한밤중에 갑자기 잠을 자던 오두막으로 밀고 들어온 소들을 먹이기 위해 농부 집에 건초를 구걸할 때처럼 말이다. 월초에는 항상 주머니에 약간의 돈이 있었고, 이때는 음식점에 앉아 있을 수 있었다. 그 후에는 켈러가세에 의탁을 했는데, 농부들은 그를 손님으로 받아주었다. 그는 절대로 억지 요구를 하지도, 오래 머물지도 않았고, 만취 상태에서도 구식으로 꾸며댄 공손함을 유지했기 때문이다.

거의 식사를 끝낸 시몬 폴트는 생각에 잠겨 마지막 고기 조각을 입 안에 넣었다. 그것을 씹으면서 그는 접시 위 감자완자의 몽실몽실한 나머지 부분을 음미라도 하듯 끈질기게, 하지만 요령 있게 마늘향이 나는 소스에 적셨다. 마침내 자신의 노력에 만족하며 맛있는 감자완자의 나머지를 부드럽게 이빨과 입 안 사이에 밀어넣었다. 이제 비로소 그는 세상과도 화해를 하고, 이 고집쟁이 바르틀과도 친절하게 몇 마디를 나누고, 또 창백해진 알베르트 하안에게 동정은 아니지만 객관적이 될 수 있는 기분이 되었다.

항상 그러하듯 사물은 역으로 뒤집어볼 수 있는 것이다. 알베르트 하안은 법 앞에서는 나무랄 데 없는 사람이었다. 그는 모든 분야를 다루었지만 주로 부동산 거래를 했다. 빈에서 그는 형편없는 임대주택들을 사들여 그곳에 외국인 노동자들을 묵게 하는 것으로 유명했다. 결국 노동자들은 그가 요구하는 대로 돈을 냈고, 그것이 그가 그들을 책임지는 방식이었다. 그리고 브룬도르프

에서는 나이 들고 병든 노인들을 도와주는 친구 노릇에
전념했다. 언제부터인지 그는 그들에게서 집과 와이너
리, 또는 토지를 터무니없는 가격에 사들였다. 공증인에
의해 계약이 체결된 순간, 사랑하는 친구들과 계약 파트
너들에게 돌아오는 것은 그의 냉랭한 조롱뿐이었다. 음
식점에서 그는 이렇게 말한 적이 있었다. "난 늙은 바보
들과 사업하는 게 좋아. 돈벌이가 되거든." 이 노쇠한 바
보들 중 하나는 몇 주 전 매매 계약을 하고 지붕에서 목
을 매어 죽었다.

프리드리히 쿠르츠바허에게는 다른 식으로 일이 전개
되었다. 몇 년 전 와인 가격이 다시 절망적으로 내려갔
을 때, 게다가 박물관에 전시되어야 마땅한 트랙터마저
망가졌을 때, 하안은 그에게 많은 액수의 돈을 빌려주었
다. '저장고의 좋은 이웃'으로서 심지어 이자 없이 말이
다. 그리고 이것은 믿어도 되는 진심이라고 확언했었다.
그래도 어찌 됐든 쿠르츠바허는 저장고와 포도밭을 담
보로 잡혀야 했다. 돈을 갚기로 약속한 그날 프리드리히
쿠르츠바허는 빚을 모두 갚았고, 알베르트 하안은 악수
를 하며 모든 일이 해결되었으니 나머지 형식적인 문제
는 자신이 처리하겠노라고 말했다. 그런데 하안이 죽기
몇 달 전 압착장 사이의 길 때문에 두 사람 간에 분쟁이

생겼다. 토지 측량사가 왔고 쿠르츠바허의 손을 들어주었다. "좋아" 하고 당시 알베르트 하안이 말했다. "그런데 자네가 내게 돌려줘야 할 돈은 어떻게 된 거지?" 그 말을 들은 쿠르츠바허는 화가 치밀어 하안을 그대로 내버려둔 채 말없이 창백해진 얼굴로 자신의 집으로 돌아가서 쾅 하고 마당 문을 닫아버렸다. 마음을 가라앉힌 후에 그는 행정적인 일에 밝은 관청 서기를 찾아갔다. 그리고 어이없는 사실을 알게 되었다. 하안은 쿠르츠바허의 담보를 장부에서 해지하지 않았고, 돈을 제때 돌려준 것에 대한 기록이나 증인도 없었다. 이후 소송이 시작되었고 쿠르츠바허에게 상황은 참으로 절망적이었다.

이런 생각을 하다 보니 폴트는 갑자기 우울해졌다. 하지만 친한 사람들 사이에서 '플로'라는 애칭으로 불리는 플로리안 스보보다가 문을 열고 들어오자, 그의 기분은 완전히 역전되었다. 그는 수놓은 면 셔츠와 거친 질감의 바지 위에 작은 격자무늬의 양커*를 입고 있었다. 아마도 그의 눈에는 이것이 시골 귀족의 모습인 듯했다. 폴트는 스보보다가 빈의 큰 일간지 광고부에서 일했다는 것을 알고 있었다. 그의 말에 따르면 자신은 편집국을

---

* 남부 독일과 오스트리아의 전통 재킷.

좌지우지하고 편집국장을 해고할 뻔하거나 발행인에게
큰소리를 칠 정도였다고 했다.

"안녕하쇼!"

새로 온 손님이 쾌활하게 소리쳤다.

"프란츠 그라이스. 나이 든 주인장, 레드와인으로 한
잔 주게! 그리고 용감한 경위님에게도 물론 한 잔 드릴
테지."

"아닙니다. 전 음주 반대론자입니다"라고 폴트가 시큰
둥하게 말했다.

"오늘 기분이 안 좋으시군요, 우리의 마이그레트˙께
서."

플로리안 스보보다는 큰 몸짓으로 자신의 잔을 불빛을
향해 들었다.

"이 근방의 순박한 적포도주치고는 제대로 된 색인걸.
어떤 품종이지?"

"푸른색 포르투갈산."

프란츠 그라이스가 냉랭한 목소리로 말했다.

"더 이상은 할 말이 생각나지 않나 보군?"

손님은 잔을 코에 갖다 대었다가 다시 부자연스럽게

---

˙ 벨기에 탐정소설의 주인공 수사관.

살짝 흔들었다.

"깨끗하군. 그래도 약간 약한데. 향이 말이야."

그는 한 모금으로 입술을 적셔 소리 내어 맛을 보고는 말했다.

"가벼운 맛, 넘어가는 것은 그럴듯하지만 제대로 숙성이 되지 않았군. 전체적으로 보면 말이야. 몇 주 전에는 내 보르도산 와인 중 하나를 마셨는데, 뭐였는지 알아? 샤토 말레스코-생 엑쉬페리, 그랑 크뤼 클라세, 10년짜리였어. 이봐, 프란츠 그라이스! 그걸 마실 때면 천사의 노래가 들린다네. 그렇지만 자네 아나? 매번 위대한 와인들을 마시다가도 가끔은 순박한 와인도 괜찮다네. 이 와인 여섯 개짜리 한 박스를 주게."

프란츠 그라이스는 와인을 가지러 가기 위해 아래로 내려갔다. 시몬 폴트가 슬쩍 물어보았다.

"당신은 알베르트 하안에게서 포도 압착장을 샀지요. 아닌가요?"

"물론이죠."

플로리안 스보보다는 경위 쪽으로 몸을 돌렸다.

"브룬도르프에 있는 바로 프리드리히 쿠르츠바허의 집 뒤의 것이죠. 아주 재미있는 사람이에요. 난 그 사람만 생각하면 배꼽을 잡을 만큼 웃음이 나서 견딜 수 없다니까요.”

‘한번 그래 보시지’ 라고 폴트는 생각했지만, 더 이상 말할 필요는 없었다. 상대방이 말을 이어나갔기 때문이었다.

“알베르트가 안되긴 했어요. 정말 안됐어! 영리한 사람이었는데! 그는 이 근방에 활력을 불어넣었어요. 그리고 어떻게 하면 브룬도르프의 켈러가세를 휴양지로 만들 수 있을지를 계속 생각했지요!”

그동안 프란츠 그라이스가 와인을 가지고 왔다.

“내 친구이자, 주인장!”

플로리안 스보보다는 말했다.

“이 마을은 비전이 필요하다네! 타지인들의 왕래 말이야. 돈을 투자하고 심지어 자네 와인도 마셔주는 착하고 욕심 없는 손님들 말이지. 나쁜 뜻으로 하는 말은 아니야, 프란츠 그라이스! 난 가야겠네. 손님들, 당신들은 아는가? 언론인들, 예술가들, 그리고 나 같은 사람이 어떤지를. 그럼 잘들 계시게.”

“안녕히 가시오, 스보보다 씨.”

바르틀이 있는 구석에서 소리가 났다.

“안녕히.”

빈 사람이 대답했다.

"안녕히 가세요, 스보보다 씨."

프란츠 그라이스가 공손하게 인사한 후 선반에서 두 개의 두꺼운 삼각형 유리잔을 꺼내어 자신이 만든 트레버슈납스*를 따랐다. 그는 말없이 시몬 폴트 앞에 잔을 놓았다.

"맙소사, 이 똑똑한 손님들만 아니었다면 우리가 멍청이같이 보였겠지."

폴트가 자신의 느낌을 솔직하게 말하자 주인은 공감한다는 듯 고개를 끄덕였다. 그들은 서로 잔을 부딪쳤다. 낮은 불길이 자신의 목구멍을 타고 들어와 내장을 태우는 것이 느껴졌다.

두 사람 모두 눈치채지 못하는 사이 어느샌가 바르틀이 다가와 있었다.

"하안처럼 죽은 사람은 아직 아무도 없죠."

자신의 엄청난 입 냄새는 아랑곳하지 않고 그는 들뜬 음성으로 말했다.

"슬픈 일이죠, 안 그런가요?"

그는 폴트의 얼굴을 도전하듯이 쳐다보았다.

"나도 모르겠소."

---

경위는 대답했다.

바르틀은 갑자기 얼굴을 찡그렸다.

"그럼 아마 웃을 일이겠군요."

폴트가 자신의 집 대문을 열었을 때는 대략 10시경이었다. 그는 휠렌바우어 노인이 애석하게 죽은 후로 그의 낡은 집에서 살고 있었다. 어두운 마당을 뒤로 돌아 현관문을 열고 들어간 폴트는 몇 초 후 체르노호르스키에 걸려 비틀거렸다. 고양이는 성이 나서 가르랑거렸다.

## 발효 가스의 저주

"그럴 뜻은 아니었어, 녀석아."

6킬로그램에 육박하는 털북숭이 수고양이 체르노호르스키를 다정하게 들어 올려 왼쪽 귀 뒤를 쓰다듬어주며 폴트가 중얼거렸다. 그래도 체르노호르스키는 같이 사는 인간 따위는 안중에도 없다는 듯 가르랑거리면서 털을 곤두세웠다. 너무 친밀한 것은 자신의 우아한 거리감에 대한 생각과는 모순되는 것이니까 말이다. 폴트가 고양이를 부엌 의자 위에 놓고 몸을 돌리면서 다시 한 번 생각 없이 고양이의 동그란 머리를 쓰다듬었다. 그러자 고양이는 경고도 없이 잽싸게 오른쪽 발톱으로 그의 손목에 몇 개의 붉고 가는 줄을 만들었다. 그 누구도, 아무리

자기와 가까운 사람일지라도 자신을 밟으면 처벌 없이 그냥 넘어갈 수 없었던 것이다.

스스로 생각해도 놀라울 정도로 상상력이 풍부한 폴트의 욕설을 우아하게 무시하면서 체르노호르스키는 꼬리를 꼿꼿하게 세우고 그곳을 떠났다.

"좋아."

경위는 한숨을 쉬었다. 편안했고, 곧 한없는 만족감만이 그를 감쌌다. 그는 휠렌바우어 씨 집에 거처를 마련한 것이 매우 기뻤다. 집주인보다 그가 더 편안해했다. 옛날, 길게 뻗은 들판에서 마을 사람들이 서로 스스럼없이 살 때에 좁고 기다란 농가들이 자리 잡은 곳은 정말 매력적이었다. 지금은 마을 중심부에는 도로들이 몰려들어 세를 넓히고, 여유 있는 사람들은 두꺼운 창을 달았다. 하지만 예나 지금이나 노인들과 사랑스러운 가축들이 별로 주목을 받지 못하고 살고 있는 외곽에는 왕래가 거의 없는 농로가 나 있었고, 살기 또한 좋았다.

시몬 폴트는 부엌의 창을 활짝 열고 전등 대신 포도 압착장에서 잘 쓰는 양초를 탁자 위에 켰다. 경위는 그다지 낭만적인 기분은 아니었지만 물체의 고정된 형태와 윤곽을 흩트리고 하나의 새로운 현상을 만들어내는, 부드럽고 살아 있는 양초 불빛이 좋았다. 촛불 아래에서는 자신의 생각도 다른 방향으로 흘러갔다. 창을 통해 들어오는 서늘한 바람 속에서 점차 명징해지는 머리로 폴트는 일종의 존경에 찬 수줍음을 느꼈다. 거기에 다시 알베르트 하얀이 있었다. 오른손에 손전등을 든 하얀이 어두운 지하실로 들어가고 있었다. 그러다 머리를 흔들며 멈춰 선 후 힘겹게 숨을 쉬더니 병들이 있는 선반으로 몇 걸음 다가가 그 아래에서 몸을 구부렸다. 그는 비틀거렸다. 두려움으로 그의 하얀 얼굴이 일그러졌고, 절망적으로 공기를 찾던 그는 몇 초 후에 마침내 바닥에 쓰러졌다. 그는 그곳에 누운 채 조용히 죽음을 맞았다. 호흡이 멎고 심장이 멈추어 산소 부족으로 뇌가 망가졌다. 프리드리히와 카를이 숨을 헐떡이며 달려왔을 때 알베르트 하얀은 이미 살아 있지 않았을 것이다. 이웃 저장고 혹은 여러 곳에서 동시에 스며들어 온 발효 가스. 이 무렵에 와인 저장고로 들어가는 것은 위험한 일이다. 아마도 양초가 있었다면 알아차렸을 것이다. 그러나 손전등이 더 실용적이고 현대적이다. 게다가 그는 해마다 수확 철에 지하실로 갔었는데, 어떤 일도 일어난 적이 없었다. 그렇다면 왜 하필 이번 가을인가? 왜?

폴트는 곧 불쾌감을 느꼈다. 올해는 정말 수확이 좋았다. 대부분의 저장고들 안에는 오크통과 플라스틱 용기,

금속탱크로 가득 차 있었다. 당연히 엄청난 양의 발효 가스가 발생했고, 그것이 어떤 식으로든 하안의 지하 저장고로 스며들었음에 틀림없었다. 폴트는 다음 날 프리드리히 쿠르츠바허와 그에 관해 이야기해야겠다고 생각했다. 무의식적으로 폴트의 피곤한 얼굴에 웃음이 번졌다. 좋은 친구이자 와인 저장고를 가지고 있는 주인을 방문할 기회라면 언제든 마다하지 않을 것이다. 게다가 그것이 분명한 공무상의 이유라면 말이다. 이런 경우에는 나름대로 모범적인 경위 시몬 폴트로서도 자신의 직업에 만족했다.

다음 날 일찍 문을 나섰을 때, 그는 좁은 자갈길 위에 죽어 있는 새를 보았다. 이 새는 아마도 지난밤 마당의 호두나무에서 떨어졌을 것이다. 이 작은 동물은 발톱을 위로 향한 채 노란 배를 아침 해에 그대로 드러내고 있었다. 폴트는 조심스레 새를 들어 엉겅퀴와 덤불로 무성한 집 뒤로 가지고 갔다.

"여기서 잠들거라, 친구!"

그렇게 중얼거리고 나서 출근하기 위해 집을 나섰다.

얼마 후 경찰서장 하랄드 망크가 친절하게, 하지만 단호하게 지하 세상으로의 출장 계획을 망치면서 말했다.

"친애하는 시몬."

그가 한숨을 쉬며 말했다.

"파출소들을 점점 없애면서부터 우리는 일에 치여 산다네. 기록되어 있는 대로 알베르트 하안의 죽음이 추호도 의심할 바 없이 발효 가스에 의한 사고라면 이에 관한 자네의 호기심은 유감스럽게도 개인적인 것이겠지."

"알고 있습니다."

폴트는 상관의 얼굴을 탐색하듯 쳐다보았다. 뭔가를 숨기는 듯한 웃음이었지만 그다지 놀라운 것은 아니었다. 아니나 다를까 그 웃음에 이어 상관의 경고가 뒤따랐다.

"그리고 잊지 말게, 친애하는 경위. 사적으로 와인 저장고를 찾아가더라도 직업적인 의무가 있다는 것을."

폴트는 이를 존중하듯 고개를 끄덕였다. 서장은 이 정도로 적절하게 경고의 말을 할 줄 아는 사람은 아니었다. 추측건대 밤새 잠을 잘 잤거나, 아니면 아침 식사 때 가을처럼 상쾌한 기분의 아내가 3주간 여행을 떠날 거라고 말했는지도 모른다.

그래서 이른 오후 프리드리히 쿠르츠바허가 브룬도르프 자신의 집 앞에 서 있는 것을 보고 폴트는 관용차의 브레이크를 밟았다. 그는 창문을 열고 쿠르츠바허에게 인사를 하며 저녁에 혹시 와인 저장고에서 만날 수 있을

지 물어보았다. 알았다고 쿠르츠바허가 답했다. 이들 사이에 이루어진 약속은 이를테면 플로리안 스보보다가 늘 가지고 다니는 그 두꺼운 일정표처럼 아무리 바쁘더라도 반드시 지켜야 하는 것이었다.

근무가 끝나고 폴트는 세심하게 손질된 검은 자전거를 타고 천천히 페달을 밟아 브룬도르프의 켈러가세에 도착했다. 원래 켈러가세는 모두 세 군데였다. 하나는 무성하게 숲이 덮인 그륀베르크의 비탈에 맞닿아 길게 뻗어 있었고, 다른 두 개의 짧은 길은 오른쪽 모퉁이에서 갈라져 들판가로 뻗어 있었다. 이런 짧은 켈러가세에는 포도 압착장들이 나란히 붙어 있지 않고 제각각 녹색 들판에 흩어져 있었다. 그중 하나가 쿠르츠바허의 것이었다. 폴트는 오래된 올리브색 오펠*이 반쯤 열린 채 문 앞에 서 있는 것을 흡족하게 바라보았다.

지하실 문이 열려 있는 것을 보고 윙윙거리는 닥트를 지나 아래로 내려갔다. 늦은 가을날의 부드러운 온기에 비하면 그곳은 매우 서늘했다. 폴트의 기분 좋은 경험에 의하면 겨울에는 이 온도가 매우 쾌적하게 느껴졌다. 아마도 쿠르츠바허는 두꺼운 스티로폼 블록 위에 앉아서

---

* 미국 자동차의 상표.

따뜻하게 엉덩이를 덥히며 신선한 와인을 마시거나, 혹은 깊은 대화를 나누며 딸들을 결혼시키고, 시장을 선출하고, 토지 거래를 했을 것이다. 그렇지만 겨울은 아직 몇 주 남아 있었다. 아직은 가을, 수확 철이었다. 무겁고 감각적인 냄새가 지하실 공기 중에 있었다. 흙, 젖은 나무, 발효하는 효모, 알코올 속에서 떠다니는 달콤한 것들. 이런 세속적인 경이로움에 사로잡혀 폴트는 커다란 통에서 사이펀*으로 거품이 나는 흐릿한 액체를 옮기고 있는 쿠르츠바허를 말없이 쳐다보았다. 와인 오크통들은 지하실 천장까지 닿아 있었다.

그제야 포도 재배자는 손님이 온 것을 알아채고 인사를 하며 작은 쇠사다리에서 바닥으로 내려왔다.

"와인은 괜찮을 거야. 알고 있겠지만."

맛을 보며 그는 만족스럽게 말했다.

시몬 폴트는 유리잔을 들어 잠시 음미한 후 한 모금을 마셨다. 처음에는 약간 거친 맛이, 그러고는 어렴풋이 단맛이 났다.

"맙소사."

그는 속으로 말했다. '이건 원죄를 지을 만하군!'

---

* 와인 용기에서 일정량을 옮겨 담기 위해 사용하는 가는 관.

"그건 가져가도 돼!"

쿠르츠바허가 웃으며 다시 사다리로 올라가려 했다. 폴트는 조심스럽게 그를 붙잡았다.

"물어볼 게 있는데, 어떻게 발효 가스가 알베르트 하안의 지하실로 스며들었는지 짐작 가는 거 없나?"

나이 든 포도 재배자는 번쩍이는 안경 너머로 그의 얼굴을 보았다. 어쩐지 그는 자신이 알고 있는 무언가를 시몬 폴트에게 가르쳐줄 수 있다는 걸 자랑스러워하는 초등학생처럼 행동했다.

"이리 와봐!"

쿠르츠바허는 더 깊은 지하실로 들어갔다. 그곳에는 전기 조명이 없었다. 그는 두 개의 초를 켜서 하나를 방문객의 손에 쥐여주었다. 이제 남자들은 넓은 통로에서 갈라져 왼쪽으로 굽은 지하 공간으로 들어섰다. 알베르트 하안의 포도 압착장 방향이었다.

"내 아버지와 하안은 서로 잘 지냈지. 그리고 그들은 두 개의 지하 저장고를 서로 연결할 수 있는지 의논했다네. 그리고 지하실이 서로 얼마나 떨어져 있는지 보기 위해 이 구멍을 팠다네."

"그렇다면 그 구멍은." 폴트는 건조한 목소리로 물었다. "저편까지 뚫려 있다는 건가?"

"그 자체로는 그렇지."

쿠르츠바허는 그렇게 대답하며 안쪽에서 낡은 마대자루를 꺼냈다.

"아무 일도 일어나지 않도록 이것을 박아넣었어. 얼마나 뚫려 있는지 알 수 없으니까. 내 생각에는 스보보다가 산 지하 저장고의 벽과 하안의 저장고 사이에는 단지 벽돌만 있을 거야. 그리고 카를 브룬너의 저장고도 멀지 않아. 요셉 샤힝어의 저장고도 근처 어디에 있고. 그렇지만 완전히 붙어 있지는 않아. 아마 자네도 알 텐데. 여기 아래에는 모든 게 서로 연결되어 있어."

시몬 폴트는 고개를 끄덕이고는 자신의 손을 구멍에 넣어 거친 자루의 천을 만져보았다. 쿠르츠바허는 이 마대자루를 꺼냄으로써 모든 문제가 해결될 것이라고 생각한 것일까?

"샤힝어……."

폴트는 생각에 잠겼다.

"그때 하안이 지하실로 끌고 간 그 아이의 아버지 말인가?"

"그래. 그 아이는 참 안됐어. 저기 누가 오는데!"

쿠르츠바허는 빠른 걸음으로 앞으로 가서 호기심에 찬 다람쥐처럼 몸을 곧추세웠다.

"스보보다 씨!"

"안녕하시오, 지하실의 영혼들이여!"

계단 쪽에서 목소리가 울렸다. 플로리안 스보보다가 지하실에서 오크통들과 벽의 잡을 곳을 찾으면서 불안스럽게 움직이고 있었다.

"중요한 손님과 와인을 시음하고 있었군. 알겠나? 아니, 뭘 알겠어!" 그는 무거운 혀로 계속 말했다. "발효하기 시작한 효모는 어떤가, 친구. 어느 정도 마실 만한가?"

"그러길 바라야지."

포도 재배자는 감정 없이 말하면서도 통이 있는 위로 올라갈 생각은 하지 않았다. 그러나 지하 세계에서의 접대의 불문율에 따라 마지못해 물었다.

"좀 마셔보겠나?"

"좋아! 가장 좋은 것이 아니라도. 아니, 그다지 좋은 것이 아니라도 줘봐!"

폴트의 등이 서늘해지는 것이 느껴졌다. 쿠르츠바허는 작은 사다리로 올라가서 반갑지 않은 손님이 한동안 시간을 보내도록 커다란 잔을 가득 채웠다. 하지만 그것은 착각이었다. 스보보다는 그 술을 단숨에 쭉 들이켜더니 빈 잔을 어깨 위에 털었다.

"신들을 위해." 그가 느끼한 목소리로 말했다. "고대로마에서처럼. 아, 혹시 이 목마른 사람을 위해 오래 묵은 것도 여기 아래에 있나?"

프리드리히 쿠르츠바허는 그뤼너 벨틴 2리터짜리 병을 가지고 와서 마개를 딴 후 말없이 지하실의 작은 탁자 위에 놓았다. 스보보다는 자리를 잡고 마시기 시작했다. 멍하니 서 있던 폴트와 쿠르츠바허, 두 사람은 놀라서 그를 쳐다보았다. 그들은 이런 인간을 본 적이 없었다. 그렇게 빨리, 그렇게 거침없이 끈질기게 술을 마시는 사람을.

# 외로운 술꾼

플로리안 스보보다의 와인 마시는 방식은 특이했다. 말없이 머리를 왼쪽 팔에 괴고는 가득 채운 잔에 시선을 고정시켰다. 잔을 잡기까지 1, 2분이 흘렀지만 여전히 와인은 그대로 있었다. 그리고 한참 후 재빨리 매끄럽고 낯익은 동작이 이어졌는데, 몇 초 후에 잔은 비어 있었다.

스보보다의 열변은 이미 예전에 멈췄고 다른 두 남자 역시 그를 방해하지 않았다. 그 외로운 술꾼은 또 다른 방문객이 지하실 계단에 나타났을 때도 위를 쳐다보지 않았다. 크리스티안 볼핑어, 브룬도르프의 사냥꾼 중 하나였다. 마흔 정도의 나이에 어두운 색의 피부와 마르고 각진 까마귀 얼굴을 한 그는 마을의 정숙한 소녀들과 여인들에게도 은밀한 모험심을 품게 만드는 그런 남자였다. 물론 진지한 의도는 전혀 없었다. 볼핑어는 머리부터 발끝까지 초록색의 사냥꾼 복장을 하고 있었다. 폴트는 그가 녹색 손수건에 코를 닦는다는 것까지도 알고 있었다. 그래서 그 용감한 사냥꾼의 속옷도 그 색깔일 것이라고 놀려댔다. 이 사냥꾼은 지금 토끼, 꿩, 야생 닭을 사냥하기 위해 무장을 한 상태가 아니었으므로, 스스럼없이 접근할 수 있었다.

"안녕하쇼."

스보보다를 곁눈질하며 그는 붙임성 있게 인사를 했다.

"저장고 작업 중인가 보죠?"

그가 쿠르츠바허에게 물었다.

"발효 때면 늘 하는 일이지."

쿠르츠바허가 대답했다.

"설탕 농도를 조절하고 맛을 보고……. 그리고 시몬과 발효 가스에 대한 이야기를 나누는 중이었다네. 하안 씨 때문에 말이야."

"고약한 것." 녹색 손님이 으르렁거렸다. "무취에 공기보다 무겁지만, 한 번 코를 그 안에 들이밀면 그때는 이미 늦어요. 아주 빠르고 아름답게 죽을 수 있죠. 하지만 하안 씨는 그렇게 죽을 가치도 없는 인간인데."

"알베르트는 아직도 자네들에게는 하안 씨로군." 갑자기 스보보다의 불안한 목소리가 들려왔다. "그는 자네들 모두 위에 군림하고 있었나 보군. 우리 모두 위에 말이지. 하지만 자네들은 아직도 이해하지 못하고 있는 모양이야!"

"아마도."

쿠르츠바허는 평온한 말투로 그렇게 말하고 나서 다시 그새 슈투름*을 맛보고 있는 볼핑어에게로 몸을 돌렸다.

"뭐라고 말 좀 해보지?"

사냥꾼은 다시 한 모금을 마신 후 고개를 기울이며 뻔뻔스런 웃음을 지었다. 평소에 그 웃음은 여자들에게 원죄를 짓는 황홀한 기쁨을 가능하게 만드는 웃음이었다. 그러고는 인정한다는 듯 혀를 쩝쩝거렸다.

"속에 부대끼지 않으면 좋겠군요. 그건 그렇고 발터 호프바우어가 내게 한 이야기가 있어요. 그저께 친구들과 지하실에 있었는데 너무 많이 마셔서인지 갑자기 배가 아팠대요. 대충 아무도 없는 포도 압착장 뒤로 갔다가 휴지가 없다는 사실을 깨닫고는 주위를 둘러보았죠. 그런데 마침 무슨 쪽지가 있더래요. 다행이다 생각하고

---

* 발효 중인 포도주.

쪼그려 앉아서 살펴보니 은행 전표였다는데, 굳이 누구 거라고 말하지 않아도 알겠죠? 호프바우어는 볼일을 끝마치고 그것으로 뒤를 닦으며 중얼거렸다죠. 꽤나 빚이 많은 자로군, 하고 말이에요.”

“저 사람 같구먼.”

시몬 폴트가 웃으면서 말했다.

“난 할 말 없네.”

쿠르츠바허가 동의했다.

활기찬 분위기 속에서 플로리안 스보보다가 비틀거리며 나섰다. 폴트는 그가 우스꽝스럽기는 해도 단정한 사람으로 알고 있었는데, 지금 그는 깜짝 놀랄 만했다. 그대로 입고 잔 듯 옷은 구겨져 있었고, 바지 또한 지린 오줌으로 인해 젖어 있었던 것이다. 얼굴도 붉으락푸르락한 데다가 촉촉한 눈에는 우둔한 공격성과 심술궂은 영악함을 담고 있어서 보는 것만으로도 역겨웠다.

“자네들 정말 재미있군!”

스보보다가 무슨 말을 할지 도저히 짐작할 수 없었다.

“자네들은 지하실에서 거북이들처럼 어기적거리면서 거북이 알을 낳아. 그리고 지하에서 얼쩡거리지 않으면 자네들의 더러운 효모는 발효되어 공기를 오염시키지. 자네들이 그 저주받을 발효 가스로 알베르트를 죽였어.

지금 알베르트 하안은 죽고 없지. 정말 잘 해치웠어! 정말 축하해.”

그는 잔에 가득 담긴 와인을 단숨에 비우고 비틀거리며 커다란 병이 놓인 탁자로 갔다.

볼핑어는 그런 스보보다를 후려갈기려다 포기하고 그냥 손을 내렸다. 얼굴을 잔뜩 일그러뜨린 쿠르츠바허를 무시하고 폴트가 말했다.

“발효 가스가 맞는 거야. 그렇죠?”

“그것이 발효 가스가 아니었다 해도 언젠가는 체코인들이 그를 해치웠을 거요.”

볼핑어가 대답했다.

“무슨 말이죠?”

폴트가 다시 물었다.

“당신도 알잖아요. 그가 항상 인부들 몇 명을 데리고 있었던 걸. 그중 하나가 사냥꾼이었는데, 우연히 슈텔처라는 술집에서 만난 적이 있어요. 그의 이름은 파벨 또는 그 비슷한 것이었는데, 어쨌든 알베르트 하안은 그에게 일만 시키고 돈은 주지 않았죠. 그래서 다툼이 있었죠. 그때 ‘좋아, 친애하는 파벨’ 하고 하안이 조용히 말했대요. ‘그럼 난 고소를 할 수밖에 없겠군. 자네는 도둑질을 하지 않았나. 우리 두 사람 중 누구를 더 믿을 거라 생각하는가?' 파벨은 당연히 법정에 서려고 하지 않았죠. 외국인들이 어떤 상황인지는 잘 아시잖아요. 그러고는 분해서 씩씩거리면서 가버렸죠. 하여간 그는 와인 몇 잔을 마신 후에 내게 말했어요. 그 인간한테는 총알도 아깝다고. 그리고 파벨만 그렇게 생각한 것은 아니라고 난 장담할 수 있어요."

"물론."

폴트는 생각에 잠겨 말했다.

"알베르트 하안도 문제가 있었겠지요. 불법 노동 그런 것으로."

볼핑어는 짤막하게 웃었다.

"그가 그런 걸 문제라고 생각했을 거 같아요? 천만에요."

"어쨌거나!" 쿠르츠바허가 끼어들었다. "난 체코인들은 원하지 않아. 그들이 건너와서 일할 수 있게 된 후로 곳곳에서 절도가 일어나고 가택 침입이 있었어."

"예를 들어 어디?"

폴트가 물었다.

"여기저기에서, 그건 자네가 더 잘 알겠지." 쿠르츠바허는 흥분해서 대꾸했다. "어쨌건 내 저장고에는 아무도 들어오지 않았지만."

"그럼 카렐은요?"

볼핑어가 심술궂게 물었다.

"아, 그 사람! 그 사람은 괜찮아. 믿을 수 있어. 뭐든 예외는 있는 법이니까."

둔탁한 소리가 변명에 급급해 있던 쿠르츠바허를 구해 냈다. 스보보다가 의자에서 미끄러지면서 간신히 붙잡은 탁자와 함께 넘어졌던 것이다. 쿠르츠바허는 재빨리 탁자 위에 놓여 있던 2리터짜리 병을 바로 세운 후 깨진 잔의 파편을 지하실 벽 한쪽으로 치우고 볼핑어와 함께 스보보다를 부축했다.

"누군가 날 밀었어."

스보보다는 울먹이면서 불평만 할 뿐 부축을 받지 않으려 했다. 스보보다는 조심스럽게 두 사람을 뿌리친 후 놀랍게도 벌떡 일어났지만 결국 비틀거리며 계단 앞에서 쓰러지고 말았다. 그러고는 몸을 일으킬 생각도 없이 서투른 동물처럼 계단을 기어 올라갔다.

"저 사람 왜 저러지?"

누구에게랄 것도 없이 폴트가 말했다.

"어쨌건 하안의 아내는 기쁠 겁니다."

볼핑어는 악의는 아니지만 만족스럽게 말했다.

쿠르츠바허는 그저 고개만 끄덕일 뿐이었다.

"이제 우리끼리 조용히 다시 한잔하세."

마치 축하할 일이라도 있는 듯 쿠르츠바허가 벨쉬리슬링이 담긴 날씬한 병을 꺼내 왔다.

"스보보다는 하얀을 얼마나 잘 알았지?"

경위가 곰곰이 생각하면서 물었다.

"그들은 거의 친구 사이였을걸."

쿠르츠바허가 대답했다.

"그렇지만 알베르트와 친해질 수 있었던 사람은 하나도 없어. 이런 이야기는 이제 그만 하세. 자, 건배."

세 남자는 작은 와인 잔을 천천히 들이켜며 이런저런 이야기를 나누다 마침내 각자의 집으로 돌아갔다. 폴트는 자전거를 타고 부르크하임으로 이어지는 들길로 접어들었다. 그는 맑고 서늘한 밤공기를 만끽하며 깜깜한 어둠 속에서 별빛만 쏟아지는 하늘을 높이 쳐다보았다. 그러다 문득 길옆에서 움찔거리는 어떤 물체를 보고 급히 자전거를 세웠다. 그것은 플로리안 스보보다였다. 그는 두 다리로 일어서려고 안간힘을 썼지만 매번 실패했다. 마치 등이 뒤집힌 풍뎅이처럼. 자세히 보니 누군가 플로리안 스보보다의 저고리 소매 속으로 긴 막대기를 끼워놓았다.

폴트는 이런 장난이 풍습이라고 하기에는 너무 끔찍

하다는 것을 잘 알고 있었다. 어찌 됐든 그는 스보보다를 고문 기구에서 풀어주었고, 만약의 경우를 위해 이 불행한 인간을 집에 데려다 주기로 했다.

흙에서 흙으로

알베르트 하안을 묘지로 운구하던 날은 다시 한여름이 돌아온 듯했다. 이른 오전이었음에도 불구하고 한낮처럼 무더웠고, 추모식이 열린 정오 무렵에는 태양으로 달아오른 열기가 작은 교회 앞에 피어오르고 있을 정도였다. 그나마 교회 안은 약간 서늘해서 향냄새와 신선한 꽃 냄새를 맡을 수 있었다. 환한 햇살이 형형색색의 창을 통해 쏟아져 들어와 중앙에 놓여 있는 관을 비추었다.

비번인 폴트 경위도 교회 출입문 근처에 서 있었다. 추모객으로 온 것은 아니었기 때문이다. 많은 사람들이 그러했다. 남편을 잃은 그레테 하안 외에 어머니인 듯한 나이 많은 부인이 앉아 있었다. 키가 작고 야윈 그 어머니는 고개를 꼿꼿이 세우고 있었다. 땅이 그리운 듯 해가 갈수록 점점 더 땅을 향해 굽는 마을의 할머니들과는 완전히 딴판이었다. 그 긴 의자에는 어느 중년 부부도 앉아 있었다. 바로 그 뒤에 플로리안 스보보다와 그의 아내, 그리고 알베르트 하안과 함께 일했던 공학석사이자 건축가인 베르너 팔렌이 보였다. 그는 중년의 호리호리한 몸매의 소유자였는데, 밝은 밤색 머리칼이 희끗해지고 있었다.

그리고 긴 의자를 몇 개 건너뛰어 프리드리히 쿠르츠바허와 카를 브룬너가 나란히 붙어 앉아 있었다. 그들은 알베르트 하안과 비록 적대적인 사이였지만, 지하 저장고의 이웃으로서 아마도 그렇게 하는 것이 당연하다고 생각한 듯했다. 마지막 줄에는 폴트도 잘 아는, 둥근 형체가 보였다. 알로이지아 하베잠이었다. 그녀는 몇 년 전부터 남편을 잃은 운명을, 마을 사람들 모두에 관해서라면 무엇이든지 알아내는 것으로 이겨내고 있었다. 아무것도 말할 거리가 없던 남편이 죽고 나서 그녀는 '하베잠 가게'를 계속 꾸려나가고 있었다. 그곳은 물건으로 가득 찬 작은 공간으로, 석회가 포함된 비누, 초콜릿 바나나, 마루용 왁스 냄새뿐만 아니라 마늘 소시지와 좀약 냄새도 났다. 하베잠 부인만이 혼란스러운 가게 안의 은밀한 규칙을 알고 있었다. 게다가 가게를 들어서는 사람들에 대한 끈질긴 관심으로 그녀는 마을과 그 밖의 것들에 대해서 누구보다 훤하게 알고 있었다.

폴트 경위는 최근 하베잠 부인의 가게에서 특별한 소시지를 샀다. 그때 절단기를 쓰던 그녀는 형리처럼 엄숙하게 한숨을 내쉬며 말했다.

"사람에게 많은 것은 필요 없어요. 어차피 혼자니까요. 안 그런가요?" 그러고는 예상치 못하게 까마귀같이 어두운 눈빛을 폴트에게 던졌다. "아니면 당신에게는 더 많은 것이 필요한가요?"

제단 앞에서 목사는 추도객들을 향해 몸을 돌렸다. 목사는 의식에 따라 정해진 말을 하는 동안에는 종교적인 제의의 도움을 받을 수 있었다. 그러나 자신의 생각을 표현해야 하는 설교 때는 약간 당황했다. 그는 사물에 대해 애정이 있지만, 엄숙하게 그것에 관해 이리저리 이야기하는 대신 바로 그 이름을 대려고 애를 쓰는 성직자에 속했다. 이번에도 그는 진실을 어느 정도 일반적으로 표현하려고 마음먹었고, 인간이 저지를 수 있는 크고 작은 실수에 관해, 죄보다 더 강한 신의 사랑에 대해, 인간의 척도 저편에 있는 정의에 관해 말했다.

"난 기쁩니다." 목사는 말을 끝맺고 있었다. "저는 위대한 판관의 작은 조수에 지나지 않고 제 능력은 단지 빌린 것입니다. 우리 모두는 모든 것을 결정하는 최후의 판결을 내리지 않아도 되는 것을 기쁘게 생각해야 할 것입니다."

'저분 말씀이 맞아.'

시몬 폴트는 생각했다. 그리고 이번 한 번만은 목사를 참아줄 수 있었다.

예배가 끝나고 교회 문이 활짝 열렸다. 폴트는 정오의 열기가 거리의 소음과 새소리에 섞여 들어오는 것을 느꼈다. 그는 모든 것을 드러내는 밝은 빛과 밀려 들어오는 열기보다는 조용한 잿빛 낮이 더 좋았다. 작은 추모 행렬이 관의 뒤를 따를 때, 스보보다와 공학석사 팔렌이 심하게는 아니지만 눈에 띄게 취한 것이 보였다.

묘지로 가는 행렬은 마을의 중간 부분을 지나 곧장 켈러가세로 향했다. 그리고 첫 번째 포도 압착장에 도착하기 전에 좁은 아스팔트 도로가 왼쪽으로 꺾여 갈라졌다. 목적지에 닿을 때까지 조용히 20분이 흘렀다. 누구도 추도식을 위해 마을의 악단을 부르지 않았다. 하베잠 부인의 약간 가라앉은, 여전히 날카로운 목소리만 들렸다. 그것은 그녀가 비록 결과적으로는 아무것도 건지지 못하지만 시몬 폴트에게 자세히 캐물을 때의 목소리였다.

묘지에 도착하자, 목사는 귀에 익은 말과 몸짓으로 알베르트 하안의 육신을 땅에, 영혼은 조물주에게 넘겨주었다. 하안 부인은 무덤가에 서서 움직이지 않았다. 그녀의 두 손은 불안하게 검은색 원피스 위에서 움직이고 있었다. 그녀 곁의 노부인은 커다란 가방의 손잡이를 단단히 움켜잡고 얼굴은 목사를 향하고 있었다. 노부인은 해야 할 일을 품위 있게 해치우기로 결정한 사람처럼 그곳에 서 있었다. 스보보다와 공학석사 팔렌은 똑바로 몸을 가누기 위해 눈에 띄게 애를 썼고, 반면 쿠르츠바허와 브룬너는 장례식에는 그다지 관심을 보이지 않은 채 뭔가를 속삭이고 있었다.

마침내 목사의 마지막 설교가 끝나자, 관이 구덩이 속으로 내려졌다. 하안 부인이 다가가서 작은 삽을 넘겨받고 천천히 흙을 관 위에 뿌렸다. 그때 이상한 일이 일어났다. 그녀는 삽을 다른 사람에게 넘기지 않고 다시 한 번 더 흙을 퍼서 이번에는 화난 몸짓으로 무덤 위에 뿌렸던 것이다. 하지만 거기까지였다. 사람들의 만류로 뒤로 물러선 그녀에게 조문객들이 한 사람씩 애도를 표하고 인사를 했다.

스보보다는 약간 비틀거렸다. 그는 부인의 팔을 잡고 위로하면서 그녀를 끌어안으려고 했다. 하안 부인이 이를 격렬하게 뿌리치자, 그는 이해할 수 없는 몇 마디를 중얼거리며 그곳을 서둘러 떠났다.

공학석사 팔렌은 이제야 비로소 술이 깬 듯 부인의 힘 없는 손을 잡고 앞으로 약간 몸을 굽히면서 자신이 도와줄 일이 있으면 뭐든 말하라고 했다.

이어서 왠지 허둥대는 쿠르츠바허와 브룬너의 차례가 끝나고, 마침내 시몬 폴트가 미망인 앞에 서서 손을 내밀려고 했다.

"당신도!"

그는 그레테 하안이 낮게 말하는 소리를 들었다. 폴트가 약간 당황해서 어깨를 으쓱이며 가려는 순간, 그녀는 곧 모두가 다 들도록 크게 덧붙였다.

"식사들 하러 오세요. 다들 괜찮으시죠?"

음식점 슈텔처의 작은 홀 안에는 식사가 마련되어 있었다. 이곳에서 클럽은 매년 무도회를 열고, 마을의 연장자들은 모임을 갖고, 자선단체는 성탄절 무렵에 변변치 않은 주머니를 털었다. 브룬도르프의 스포츠 클럽은 은밀한 권력 다툼, 냉정한 분석, 열정적인 호소, 빛나는 앞날에 대한 다짐을 위한 회합을 가졌다.

홀은 그다지 크지 않았고 분위기도 화기애애했지만, 몇몇 조문객들은 끔찍하게도 구제불능으로 보였다. 검은색 옷을 입은 이 사람들은 통상 그런 식사를 하면서 사랑으로 가득 찬 또는 감성적인 기억을 떠올리며 위로를 하는 그런 조문은 하지 않았다. 폴트에게는 어쩐지 이 작은 모임 안에 더 작은 그룹들이 심술궂게 서로를 염탐하는 듯이 여겨졌다. 하안 가족, 스보보다와 그의 아내, 팔렌, 두 사람의 포도 재배자. 그는 공무상으로 온 겉가지 손님으로서 자신이 그 안에 더 많은 긴장과 모순을 불어넣는 것이 약간 난처하게 여겨졌다. 다른 한편 그는 자신도 이해할 수 없는 방식으로 그곳에 매혹되었다. 여기에 슬픈 사람이 있기는 한 건가? 여하간 스보보다와 팔렌은 불안해 보였다. 하안 부인은 존경심을 갖고 옆에 앉아 있는 노부인만 친절하게 돌볼 뿐, 나머지 조문객들에게는 거의 신경을 쓰지 않았다. 쿠르츠바허와 브룬너는 다른 사람들과 이야기하는 것을 피한 채 두 명의 배신자처럼 서로 머리를 맞대고 있었다.

수프가 나오고 와인, 맥주, 생수가 식탁에 놓였다. 갑자기 스보보다가 나이프를 잡고 자신의 유리잔을 두드리며 일어서려 했다. 뭔가 말을 하려는 게 분명했다. 다음 순간 그는 아내의 세찬 제지를 받고 다시 앉았다.

"멍청이!"

그녀는 폴트가 한 말을 들었다. 스보보다는 반응하지

않았고 포기한 몸짓으로 와인 잔을 잡았다. 폴트 경위 옆에 앉아 있던 공학석사 팔렌은 생수 한 모금을 마시고 양해를 구하는 웃음으로 옆 사람에게 몸을 굽혔다. "은총을 받은 언론인 스보보다는 꽤 곤란한 광대군요, 그렇지 않아요? 와인 저장고에서는 정말 재미있지만, 이런 일에는."

팔렌과 이야기를 나누려던 시몬 폴트는 주인이 수프 다음에 돼지고기 구이와 슈니첼*을 가지고 들어오는 바람에 말할 기회를 잃었다. 어떤 역할을 연기해야만 하거나 그런 사람을 지켜보지 않고 그저 식사를 할 수 있게 되어 다들 분명 기뻤을 것이다. 점차 식탁을 누르고 있던 긴장이 조금씩 풀어졌다. 그때 문이 열리더니 하필 브루노 바르틀이 그 방으로 들어섰다. 그가 거의 비굴할 정도로 공손하다는 것을 모두가 알고 있었기 때문에, 어느 누구도 그가 조문객들의 식사를 방해하리라고 생각하지 않았다. 게다가 더 놀라운 것은, 바르틀의 정신이 말짱했으며, 그것도 모자라서 어느 정도 씻고 면도까지 했다는 것이다. "잠깐 들여다보려고요. 어차피 저도 자주 이곳에 오니까요"라는 말로 그는 모든 것을 설명하려 했다.

---

* 오스트리아식 돈가스.

이 말에 다시 정적이 찾아왔다. 쿠르츠바허와 브룬너는 서로 머리를 흔들면서 쳐다보았고, 스보보다와 팔렌은 눈에 띄게 창백해졌다. 그리고 하안 부인은 갑자기 입가에 심술궂은 웃음을 지었다.

"그럼, 죄송합니다. 다시는 이런 일이 없을 겁니다."

다리를 벌리고 서 있던 바르틀이 조롱하는 듯한 목소리로 말했다. 그러고는 조용한 걸음으로 그곳을 떠났다.

"더러운 놈." 스보보다가 말했다.

"네?" 하안 부인이 비난이 아니라 놀라서 말했다. 그러고는 대답도 기다리지 않고 식사를 시작했다.

## 카린 발터의 입맞춤

폴트는 힘든 야간 근무를 마치고 지쳐 있었다. 그는 푹신한 깃털 침대에 누워 있는 것처럼 빨려드는 이런 종류의 피곤함을 좋아했다. 이런 기분을 단순히 잠으로 보내는 것은 순전히 낭비라는 생각을 했다. 그래서 그는 자전거를 꺼내 특별한 목적지 없이 페달을 밟으며 포도밭과 들판 사이를 달리다가 마침내 브룬도르프로 들어가는 길을 택했다. 마르틴 슈텔처가 꽤 일찍 음식점을 여는 것을 알고 있었기 때문이다.

마을 길목에 도착하자마자 슈텔처의 강아지 케사르가 그를 향해 달려왔다. 작고 검은색의 사랑스러운 놈은 싸돌아다니는 버릇을 고치지 못하고 있었다. 폴트는 자전

거를 세운 다음 이 털북숭이 녀석을 오른팔 아래에 끼고
는 자전거를 끌면서 계속 길을 걸어갔다. 잠시 후 그는
정원으로 향하는 커다란 문 안으로 들어가서 벌꿀 색으
로 칠한 담벼락의 나무 장식에 자전거를 세웠다. 그리고
케사르를 주인에게 건네주고 음식점으로 들어갔다. 주
방에서는 이미 수프와 훈제 고기 냄새가 나고 있었고,
구석 탁자에는 늘 그렇듯이 농부가 앉아 있었다. 긴 테
이블에는 사냥꾼 크리스티안 볼핑어가 기대서 있었다.
폴트는 그 곁에 서서 갈색 작은 잔을 주문하고는 용감한
사냥꾼이 생수 잔을 홀짝거리는 것을 보았다.

"어제는 힘든 저녁이었지요?"

폴트는 동의를 구하듯 물었다.

"아무렴." 볼핑어가 고개를 끄덕였다. "포도 재배자들
이 지하 저장고에서 떡이 되도록 마신다면 그건 이미 심
각한 거지요. 게다가 사냥꾼이라면 아마 아무도 말리지
못하겠죠. 오늘이 일요일이니 천만다행입니다."

"그런데 당신은 왜 고해를 하거나 미사를 드리지 않는
건가요?"

"숙취와 교회의 성가대가 합해지면 용감한 사람이라
도 견딜 수 없는 것이 돼버리거든요."

볼핑어는 역겨운 듯 생수를 쳐다보았다.

　문이 열리고 나이 든 농부 아낙네가 들어와서 말없이 토마토가 담긴 플라스틱 통을 탁자에 놓고 다시 가버렸다. 잠시 후 첫 번째로 교회에 갔던 사람들이 들어왔다. 음식점이 사람들로 가득 차자, 마르틴 슈텔처는 엄숙하게 새 카드를 마을 연장자들이 앉아 있는 탁자에 내려놓았다.

　폴트는 우연히 시계를 보았다. 거의 10시가 되어가고 있었다. 그렇지, 10시경에는 명예로운 저축조합의 임원들이 일을 시작한다. 지난번 회의에서 변혁이 일어났고, 이는 논란거리였다. 그러니까 처음으로 회계를 성실한 젊은 여교사가 맡게 되었던 것이다. 조합장인 음식점 주인은 장소를 제공하고 매년 슈니첼을 책임지면서 수많은 일을 도맡고 있었다. 개인적으로 나무랄 데 없이 성실한 회장은 낭비벽이 심한 아들 때문에 시달리고 있었다. 그런데 이제는 책임이 막중한 요직마저도 믿음직한 남자가 아닌, 연약한 아가씨에게로 떨어진 것이다. 이것이 새로운 트렌드이긴 하지만, 여자라는 피조물은 품위나 무게가 없다고 누군가 말했다. 그 누군가는 바로 회계를 맡고 싶어하던 사람이었다.

　그러나 시몬 폴트의 생각은 그렇지 않았다. 여교사 카린 발터를 향한 그의 순수한 관심은 단지 교육자로서 훌

류한 그녀의 인품과 관련된 것이었다. 그때 그녀가 회장과 함께 왔다. 두 사람은 늘상 앉곤 하던 탁자에 자리 잡았다. 카린 발터는 금고를, 그녀 옆에 앉은 회장은 장부를 열었다. 그리고 곧 공무가 시작되었다. 폴트는 그뤼너 벨틴을 주문할 생각이었지만, 갑자기 와인이 어울리지 않는 것 같아 다시 커피를 시켰다. 예금을 하려는 사람들이 점차 탁자로 몰려들었다. 적은 돈을 입금하는 사람들은 눈에 띄지 않게 재빨리, 그리고 많은 돈을 넣고자 하는 사람들은 대부분 자신들의 구경꾼들이 확보될 때까지 조금 기다렸다.

11시가 되자 장부와 금고가 닫혔다. 두 사람의 임원은 음식점을 나섰다. 10분도 채 되지 않아 카린 발터가 돌아와 폴트 옆에 앉더니 말했다.

"안녕, 경위님! 돈을 안전한 곳에 갖다두었으니 이제 마음 편히 와인을 마시고 싶어요."

폴트는 몇 초간 말이 없었다. 그러다가 잠긴 목소리로 대답했다.

"그러시죠, 좋은 생각입니다."

"그럼, 건배, 우리의 질서 지킴이 씨."

카린이 명랑하게 말했다. 가득 찬 잔을 부딪치는 순간 이 폴트에게는 마치 트라이앵글 연주자가 일곱 번의 영

겁이 지나고 고대해 마지않던, 자신의 차례가 온 것 같
은 느낌이었다.

"제가 이렇게 들이댄다고 기분 나빠 하지 마세요." 여
교사는 말을 이었다. "아마도 경위님은 혼자 있고 싶겠
지요?"

폴트는 말없이 고개를 흔들면서, 머릿속으로는 절망
적으로 뭔가 총명하고 따뜻하면서 유머러스하고, 단순
하지만 독창적인 말을 찾았다. 그는 눈치채지 않게 상대
방을 훑어보았다. 미스 발터는 예쁜 편은 아니었다. 폴
트의 기준으로는 너무 여위었다. 그럼에도 그녀는 묘하
게 그의 관심을 끌었다. 왠지는 알 수 없었다. 그녀는 밝
은 눈으로 다정하게 폴트를 쳐다보았다. 그 눈이 어떤
색인지 표현할 수 없었다. 그녀는 그의 시선을 다시 되
돌려주었다.

폴트는 재빨리 자신의 잔을 들이켰다. "근무는 끝났어
요." 그는 어느 정도 마음을 가라앉히고 말했다. "그런데
자러 가기에는 너무 피곤해서요."

"당연하죠!" 그녀는 웃으면서 잔을 비웠다. "벌써 가
시게요? 전 경위님과 함께 술집을 나서는 게 항상 소원
이었답니다."

무슨 대가를 치르더라도 그녀 혼자 보내고 싶지 않던

폴트는 말없이, 그러나 기분 좋게 고개를 끄덕였다. 잠시 후 두 사람은 나란히 마을을 산책했다.

"경위님, 우리 냇가로 조금 걸을까요? 어차피 정오까지는 시간을 보내야 하거든요."

"좋아요, 좋은 생각이에요."

폴트는 같은 말만 되풀이하는 자신에게 따귀를 때리고 싶은 심정이었다.

두 사람은 기차가 다니지 않는 철로를 건너 냇가로 이어지는 옆길로 들어갔다. 냇가 오른쪽에는 좁은 길이 이어져 있었다. 청명하고 깨끗한 가을날이었지만, 연말의 겨울 하늘만큼 투명하지는 않았다. 나무들은 색색가지 잎을 달고 있었고 공기에서는 비옥하고 무르익은 냄새가 났다. 그리고 밝은 청색의 우아한 성모상이 단 위에서 냇가를 내려다보고 있었다. 마치 혼란스러울 정도로 아름답고 유혹적인 성모인 것이 당연한 이치라도 되는 듯이 말이다.

"이곳은 정말 아름답네요." 그녀는 한숨을 내쉬며 말했다. "전 시골 마을이 좋아요. 문제가 있다면 아이들이 해마다 점점 줄어든다는 거예요."

"제가 어렸을 때는……." 마침내 폴트는 뭔가 말할 거리를 찾았다. "상점이 세 개 있었고, 음식점 마르틀이 있었고, 구두 수선공도 돈을 벌고 있었고, 이발소도 있었지요. 이 지역에는 일자리가 너무 적어요. 사람들이 떠나는 바람에 몇몇 가게들은 더 이상 먹고살 수가 없을 정도죠."

"그래도 지금은 국경이 열렸으니까, 이 근방에 활기가 생기겠지요, 그렇죠?"

폴트는 그렇지 않다는 듯 손짓을 했다.

"활기와 적대감이 생기겠죠. 여기 사람들은 저편 이웃들을 좋아하지 않아요. 전쟁 때도 그랬지만 전후에도 두 나라 사이에는 잘못된 일이 너무나 많았어요."

"저도 잘 알아요. 그렇지만 한 세대만 지나면 사물은 전혀 다르게 보이지요."

"그러길 바랍니다."

발터 양은 몸을 굽히고 잎 하나를 따서 동행인의 코에 갖다 대었다.

"자우어암퍼예요! 길가와 냇가 사이에서 자라는 잡초예요." 그러고는 갑자기 주제를 바꾸었다. "알베르트 하안을 잘 알았나요?"

"암요." 폴트가 한마디 내뱉었다.

그녀는 풀을 입에다 넣고 씹더니 삼켰다. "그는 악질이에요, 제가 들은 바에 의하면. 하필 그런 사람이 자연

사로 죽다니 참으로 웃기지요. 모든 것을 차치하고라도, 켈러가세에 위락공원을 만든다는 계획은 괜찮지 않아요? 제 말은, 이 지역에 조금이라도 활기를 불어넣거나 돈을 갖다 주는 사람들은 필요하니까요. 아닌가요?”

시몬 폴트는 그 순간 발터 양이 불쾌한 거부감을 불러일으킬 수 있다는 사실에 기분이 상했다. 그는 이의를 제기하려 했다. 그때 포도 압착장과 와인 저장고는 마을의 여자들에게는 낯선 세계로 별 상관이 없을 거라는 생각이 들었다. 그것은 철저히 남자들의 관심사인 것이다. 기분이 조금 누그러져서 그는 설명을 했다.

“켈러가세는 200년 이상 되었어요. 그곳은 지금의 상태로 정직하게 그들의 역사를 드러내고 무엇에 쓰이는지를 명료하게 보여주고 있어요.”

“우리 둘과는 정반대로요.” 여교사가 웃었다.

“왜요? 아, 네 물론이죠.” 시몬 폴트는 자신이 약간 우스워졌다. 그렇지만 절망적인 용기를 내어 말을 이었다. “제 말은, 지하 저장고와 포도 압착장을 그대로 두지 않는다면, 앞으로 문제가 될 겁니다.”

“세상이 망하기라도 하나요?”

“아뇨. 그렇지만 켈러가세는 죽은 자의 얼굴을 감춘 마스크일 뿐, 아니 그걸 이해 못 하는 겁니까?”

그는 살면서 이처럼 부적절한 순간에 이처럼 멍청한 말을 한 적은 없다고 확신을 하면서 말을 멈추었다. 그 때 뭔가 놀라운 일이 일어났다. 마을의 교사, 카린 발터 양이 까치발을 하고 서더니 시몬 폴트의 오른뺨에 깃털처럼 가벼운 입맞춤을 한 것이다.

"고마워요." 그녀는 가볍게 말하고, 미안한 기색 없이 덧붙였다. "이제 가봐야겠어요. 친구들이 절 점심식사에 초대했거든요."

"그럼 잘 지내요!"

폴트는 씩씩하게 대답하며 그녀의 친구들을 싫어하지 않으려고 애를 썼다. 그는 생각에 잠겨 발터 양을 바라보았다. 그녀가 평소 때보다 더 사뿐히 걸어가고 있음이 분명했다. 그녀도 그가 보고 있다는 것을 의식하고 있는 모양이었다.

"상상이겠지."

폴트는 평정을 되찾으려는 듯 혼자 중얼거리며 유유히 슈텔처의 음식점으로 가서 자전거를 갖고 집으로 향했다.

집에 도착해서 그는 자신의 간담을 서늘하게 한 수고양이 체르노호르스키의 양쪽 털북숭이 뺨과 젖은 코 등에 입을 맞추었다. 그리고 감자와 물을 담은 냄비를 불에 얹고 비로소 평온하게 일요일 신문을 읽었다. 신문은 무인 판매대에서, 물론 돈을 넣고 가져온 것이었다. 감자가 익자 찬물에 식혔지만, 껍질을 까면서 손을 약간 데었다. 그는 기분 좋게 욕설을 중얼거리고는 부엌 상자에서 굵은 양파를 꺼내어 껍질을 까고 작게 썰었다. 무거운 양철 팬에 기름을 두르고 양파를 노릇하게 볶은 다음, 감자와 마늘 소시지를 잘라서 넣었다. 소금, 후추로 약하게 간을 하고, 향료 마요란을 넣어 팬을 흔들면서 음미하듯 강한 향을 들이마셨다. 그리고 파란색 테두리가 있는 두꺼운 돌 접시에 그 인상적인 음식을 담고 열심히 먹기 시작했다. 식사가 끝나자 그는 의자에 등을 기대고 앉았다. 포만감 때문에 몸은 무겁고 한없이 늘어졌지만, 머릿속은 갈피를 잡을 수 없는 생각들로 가득 찼다.

시몬 폴트는 한참 동안 그렇게 앉아 있었다. 마침내 내키지는 않았지만 옷을 벗고 잠자리에 들기 위해 일어섰다. 그는 곧 깊이 잠이 들었고, 현관문을 두드리는 요란한 소리에 잠을 깨기 직전까지 꿈을 꾸고 있었다.

우선 폴트는 문 두드리는 소리를 자신의 꿈속에서 나는 것이려니 했다. 그러나 그것도 아닌 듯해 자신을 방해하는 것을 그냥 무시하기로 결정했다. 그렇지만 그것도 불가능했다. 하여간 근무 중이 아니라도 경찰이지 않은

가. 그래서 그는 욕을 하며 침대에서 기어 나와 낡아빠진 가운을 주워 입고 손가락으로 머리칼을 매만지며 문을 열었다.

밖에는 플로리안 스보보다가 서 있었다. "안녕하세요?" 그는 조그만 소리로 말했다. "어떻게 말을 꺼내야 될지……."

"그렇겠죠." 폴트는 마음씨 좋게 웅얼거렸다. "들어오시죠!"

"그러니까……." 스보보다는 그의 과장된 몸짓을 잊은 듯이 보였다. "내가 기억하는 바로는 최근에 큰 실례를 한 듯하네요."

"아, 네." 폴트는 아무런 느낌 없이 말했다.

"정말 친절하군요. 나를 집에 데려다 주다니." 스보보다는 밤에 했던 자신의 별난 행동이 그다지 나쁘게 받아들여지지 않았다는 것에 안도하는 듯했다. "감사의 뜻으로 이 기회에 제 와이너리로 초대를 하고 싶은데요. 저장고에는 부모님으로부터 물려받은, 진귀한 것들이 있답니다. 그다지 나쁘지 않지요."

시몬 폴트는 스보보다의 와인 저장고를 속속들이 알고 싶은 마음이 조금도 없었다. 다른 한편으로는 이 특이한 사람과 그의 친구들이 무엇을 하는지 알고 싶기도 했다.

"다음 주말이 좋을 듯합니다." 그는 잠시 생각하고 나서 말했다. "근무 후에, 그러니까 저녁 무렵에요."

"좋습니다!" 스보보다는 이제는 거의 본래의 스보보다가 되어 있었다. "토요일, 6시경, 우리 집, 어때요? 그럼 제 아내도 만날 수 있을 겁니다. 그리고 함께 지하 저장고로 갑시다."

"좋습니다. 그럼 다음 주에 뵙지요."

폴트는 일어섰다.

놀랍게도 스보보다는 자신이 머무르는 것을 이 경찰이 그다지 좋아하지 않는다는 것을 재빨리 알아차리고 작별 인사를 했다.

## 플로의 와인바

일주일 후 시몬 폴트는 부르크하임의 해변 가에 있는 새 주택가의 집 앞에서 자전거를 멈추고 정원의 울타리에 세웠다. 그리고 커다란 놋쇠 초인종을 눌렀는데, 집 안에서 초인종 대신 전자음으로 된 베토벤 9번 교향곡의 웅장한 첫 소절이 울려 퍼지는 것을 들을 수 있었다. 플로리안 스보보다가, "안녕하세요, 경위님" 하고 외치고는 열심히 손을 흔들며 나왔다.

폴트는 잘 정돈된 거실로 안내되었다. 그곳은 상당히 비싼 물건들로 치장되어 있었다. 그러나 경위는 그 공간에서 어떻게 해야 할지 알 수 없었다. 거실은 그다지 예쁘지는 않았지만 매력적이었고, 편안하지 않았지만 쾌적했다. 폴트에게는 자신이 마치 가구 카탈로그 안의 3차원 사진 속에 있는 것 같다는 생각이 들었다. 커다란 베이지색 안락의자 중 하나에 공학석사 팔렌이 앉아 있었다. 그는 읽고 있던 커다란 판형의 신문을 옆으로 치우고 일어서서 폴트에게 손을 내밀었다.

"이렇게 거의 정상적인 상태에서 당신을 보니 좋군요, 경위님!"

"격식은 차리지 맙시다, 친구들!" 스보보다가 말했다. "이 누추한 곳을 여러분의 집처럼 생각해주시오. 아, 저기 이 집을 꾸며주는 사람이 오는군요. 내 인생의 태양이자 내 밤의 광채. 소개해도 될까요? 브리기테! 아주 가까운 친구들은 빕시라고 부르지요."

장례식장에서 그의 아내를 자세히 보지 못했던 시몬 폴트는 그녀에게 손을 내밀며, "알게 되어 반갑습니다"라고 말했다. 그리고 그녀를 좀더 자세히 쳐다보았다. 빕시는 놀라울 정도로 뚱뚱했지만 그렇게 뚱뚱해 보이는 타입은 아니었다. 단단한 회청색 눈과 얇은 일직선의 입술은 그녀의 맵시 없는 몸매와 기묘한 대조를 이루고 있었다.

"세 분은 그러니까 만취 파티를 열 생각이군요." 그녀는 감정을 드러내지 않고 단언했다. "뭐 사실 그럴 수도 있긴 하지요. 그렇지만 플로리안, 알아둬요, 운전은 내가 한다는 걸.”

“당신은 언제나 사랑스럽고 현명해!”

스보보다는 감격해서 말했다. 잠시 후 네 사람은 아마도 스보보다가 샀을 일본산 밴에 앉았다. 그의 포도 압착장까지는 모랫길이었고 거의 느낄 수는 없지만 오르막이었다.

브룬도르프에 있는 그의 와인 저장고는 그다지 형편없어 보이지는 않았다. ‘플로의 와인바’ 라고 쓰인 래커 칠이 된 나무 표지판을 빼고는 말이다. 안으로 들어가니 우선 나무로 된 커다란 포도 프레스에 시선이 갔다. 1909년이라는 연도가 금색으로 새겨져 있었다. 그리고 금속 테두리에 번쩍이는 검은 래커 칠을 한 포도용기도 있었다. 어느 감각 없는 미장이인지 포도 압착장의 벽들에 회반죽을 발라서 영원히 일직선으로 만들어 놓았다. 폴트는 그런 것을 좋아하는 포도 재배자들을 많이 보았었다. 그들이 벽을 ‘제대로’ ‘현대적으로’ 만들고자 하는 것을 탓할 수는 없었다. 그들의 선조는 주어진 가능성과 그 시대의 유행에 맞추어 그렇게 지은 것이었으니까. 그렇지만 폴트는 주위 풍경처럼 구불구불하고 튀어나온 포도 압착장의 벽이 없어지는 것이 안타까웠다. 그

안에서는 눈으로도 산책을 즐길 수 있었는데 말이다.

"들어오시지요."

플로리안 스보보다는 큰 동작으로 떡갈나무로 된 의자들을 가리켰다. 이 의자들은 향토적인 편안함을 떠올리게 했다. 래커 칠을 한 나무 탁자 위에는 '플로의 자리'라고 쓴 검은색 표지판이 가는 줄에 매달려 있었다.

"이것 말고도 가득 찬 오크통들이 지하 저장고에 몇 개 있어요." 스보보다는 자랑스럽게 말했다. "나의 포도 압착장 이웃, 아인치거 마틴의 것이지요. 난 그에게서 포도밭 일부를 빌렸는데, 경작은 그가 해서 수확한 와인을 갖고 내게는 가득 찬 오크통을 몇 통 준답니다."

"그러니까 여기에도 발효 가스가 있었던 겁니까?" 폴트 경위는 관심을 갖고 물었다.

"물론이지요. 하지만 이야깃거리가 못 되지요. 아래에 와인이 그다지 많지는 않거든요."

"잠깐 내려가 봐도 될까요? 지하 저장고에는 항상 관심이 가거든요."

"죄송합니다만 안 되겠는데요." 스보보다는 놀랍게도 단호하게 거절했다. "지하실은 나의 성소지요. 그리고 나만의 것입니다. 그곳에서 난 온전히 나 자신이 되거든요. 그러나 경위님께서 굳이 용무상 제 지하실을 가야만

한다면……."

"지금은 근무 중이 아닌데요." 폴트가 내뱉었다. "게다가 그것은 당신의 지하실이니까요, 그렇지요?"

"네, 네, 그렇지요." 스보보다는 급하게 선반 문을 열고 유명 브랜드의 금실세공이 된 목이 긴 와인 잔을 꺼냈다. "이것들은 꽤 비싸고 다루기도 까다롭지요. 그렇지만 전문가라면 절대로 포기할 수 없는 것이지요."

"그렇군요." 경위는 참을성 있게 말하고, 낮게 웃는 팔렌과 조심스럽게 시선을 교환했다.

"내 생각에," 스보보다가 부자연스럽게 말했다. "우리는 푸른 포르투갈산으로 시작해서 그뤼너 벨틴, 그리고 순박한 이곳 와인을 마시도록 하지요. 혹시 우아한 서곡으로 이것을……." 그는 보르도산 붉은 가죽으로 묶인 장부를 서랍에서 꺼내어 그 안을 뒤적거렸다. "그러니까, 샤블리스 폰 레그나르 & 필스를 권해도 될까요? 92년산으로 지금이 바로 마시기에 최적기랍니다."

스보보다는 지하실에서 사라졌다가 몇 분 후 예고한 술을 가지고 왔다. 작은 칼로 금속 포일을 떼어내고, 폴트가 여태껏 본 적이 없는 특이한 신형의 와인 오프너를 얹었다. 그는 병의 목 부분에 걸어놓은 작은 사슬에 오프너를 고정시키고는 잔을 반쯤 채웠다. 그는 색깔을 체크하기 위해 기교 섞인 동작으로 와인 잔을 흔들어 본 뒤 흘낏 코를 대고 의미심장하게 말했다.

"네, 네."

폴트는 그런 짓거리가 마음에 들지 않았다. 스보보다는 맛을 보면서 눈을 감은 채 한동안 음미하듯 조용히 있다가 선언했다. "맑은 톤, 불타는 신맛. 바디*는 과일 맛과 미네랄 톤으로 되어 있군."

'판매용 카탈로그에서 읽은 거겠지.'

폴트는 잔을 부딪치며 생각했다. 그는 와인으로 입술을 적시고는 자신이 이 수입산 와인에 대해 알고 싶지도, 음미할 마음도 없다는 것을 알았다. 그는 다른 사람들처럼 와인을 마셨고 밝은 색의, 가벼운 이 와인이 그다지 나쁘지 않다고 느꼈다. 차라리 덜 숙성이 되었을 때 마시는 것이 나았을 것이라고 생각하면서, "조금 무례를 범해도 될까요? 이 와인은 얼마입니까?" 하고 물었다.

"경위님은 뭐든 아셔도 됩니다! 180실링**쯤, 제 기억이 맞다면요."

스보보다가 대답했다. 폴트는 쿠르츠바허가 지난해 와인업자로부터 와인 1리터당 7실링을 받은 것을 기억

---

* 입 안 전체의 느낌.
** 유로화 도입 이전의 오스트리아 화폐 단위.

해냈다. 그는 씁쓸해졌지만 아무런 말도 하지 않았다. 그냥 내키지는 않았지만 꿀꺽하고 와인 잔을 비우는 것으로 만족했다.

"우리 손님이 갈증이 나는가 보군요!" 스보보다는 쾌활하게 해설을 달았다. "저도 잘 알지요!"

그때 폴트는 팔렌과 시선이 마주쳤는데, 팔렌은 '난처하시죠?'라고 말하는 듯했다.

스보보다가 그 후 한 병 한 병씩 술을 꺼내와서 자신의 학습된 해설을 늘어놓는 동안, 그의 작위적인 쾌활함에도 불구하고 숨 막히는 분위기가 그곳을 맴돌고 있었다. 건축가는 때때로 반어적인 말을 끼워넣기만 했고, 법시 스보보다는 생수를 마시며 말없이 앞만 바라보고 있었다. 한편, 시몬 폴트는 무슨 말을 해야 할지 알 수 없었다. 그는 주인의 독백 중간에 더 이상 침묵을 견디지 못하고 팔렌에게 말했다.

"제가 화제를 바꾸어서 죄송하지만, 제가 관심이 있어서요. 켈러가세의 위락시설 계획은 구체적으로 어떤 것이었는지요? 당신과 하안 씨는 함께 일을 했다지요?"

"그렇기도 하고 아니기도 합니다." 팔렌이 대답했다. "당신도 켈러가세의 조화롭고 향토적인 모습이 얼마나 제 마음에 남아 있는지 아시겠지요. 엄청난 가치의 순박한 건축물, 게다가 이런 형태는 세계에서도 유일합니다."

"그런데도……?" 폴트가 끼어들었다.

"네, 그럼에도……." 건축가는 생각에 잠기듯 탁자 위에 있는 토스카나산 브루넬로를 한 모금 마셨다. "당신도 켈러가세가 어떤지 알지요. 이곳에는 사백 개의 포도 압착장이 있고, 그 숫자는 브룬도르프의 주민 수보다 많지요. 많은 건물들이 황폐한 채 버려져 있거나 팔렸고 그다지 예쁘지 않은 모양의 펜션으로 리모델링되었지요. 제 생각은 이렇습니다. 외관은 조금도 고치지 않고 두 개의 작은 켈러가세 중 하나를 위락시설로 바꾸는 겁니다. 그래서 전체 조화를 살리고 외지인의 왕래로 나머지 켈러가세에 생기를 불어넣어 경제적으로도 살아날 수 있도록 하는 겁니다."

폴트는 오랫동안 아무 말도 하지 않고 곰곰이 생각해보았다.

"난 지금까지 그런 생각은 해보지 않았네요." 그는 마침내 인정했다. "다른 한편으로는 비록 켈러가세 한쪽만 휴양시설이 된다 하더라도, 여전히 겉치레한 삶보다는 정직한 쇠락이 차라리 낫습니다."

"그 말이 옳을지도 모릅니다." 건축가가 한숨을 쉬며 말했다. "알베르트 하안은 그런 섬세한 계획에는 그다지

적합한 파트너가 아니었어요. 그는 포도 압착장을 가능한 한 싸게 사들여서 가능한 한 많은 이윤을 만들어내는 게 주요 관심사였으니까요. 게다가 어떤 것도 배려하지 않고요."

"똑똑하신 신사분들을 제가 방해해도 될까요?" 스보보다가 말했다. "저녁의 스타를 소개하고 싶어서요. 보르도, 소테르네, 디파르티망 지롱드산 달콤한 와인, 정확히 말하자면 프리미어 그랑 크뤼 클라세* 1998년산입니다. 우리 모두가 알다시피 좋은 연도지요. 게다가 값을 꽤 주어야 살 수 있는 것입니다, 경위님. 약 2000정도죠."

스보보다가 막 병을 잡으려 했을 때, 브루노 바르틀이 그 모임을 방해했다. 우스꽝스런 정령처럼 그는 반쯤 열린 포도 압착장 문가에 서 있다가, 천천히 그러나 머뭇거림 없이 가까이 와서 탁자에 자리 잡았다.

"괜찮지요?"

그의 목소리에는 불안함은 없었고 오히려 적대감이 깃들어 있었다. 스보보다는 어깨를 으쓱하고는 단순한 유리잔을 가져와 말없이 바르틀 앞에 놓았다. 그러자 그

---

* 1등급.

는 거부하듯 고개를 저었다.

"내게도 좋은, 깨어질 듯 연약한 잔을 주시오."

스보보다는 그에게 불쾌한 시선을 던졌지만 바르틀의 잔을 바꾸어주고 그의 존재를 무시한 채 다른 사람들을 향해 '저녁의 스타' 와 관련된 의식을 계속했다.

"여러분, 엄청난 풍족함, 이국적인 향, 그 누구도 꿈꿀 수 없을 정도지요! 원래 이 진귀한 녀석을 몇 년 후에나 맛보려 했지만, 누가 압니까, 지금이 그때인지!"

모두들 와인을 마셨고, 물론 바르틀도 마셨다. 그러자 스보보다는 더 이상 침묵할 필요가 없다고 생각했다.

"제기랄, 갑자기 지하실에 있는 싸구려 레드와인이 생각나는군요." 스보보다가 갑자기 말했다.

"나도요." 팔렌의 맞장구에 폴트가 놀라서 쳐다보자, 팔렌은 시선을 돌렸다.

"이제 그만 하죠." 빕시의 단호한 목소리가 들렸다. "이 우스꽝스런 신사분들과 경위님은 제가 친절하게 집으로 모셔다드리는 걸 허락하지요. 그리고 브루노 당신은 당신의 누렁이 소가 있는 데까지는 별로 멀지 않을 거예요."

## 블루 문에서의 충돌

부르크하임과 브룬도르프의 비르질 빈터 신부는 성당 축제를 준비하고 있었다. 축제를 여는 데는 여러 이유가 있는데, 신부님은 관심을 보이는 모두에게 그것을 설명했다. 부르크하임 성당의 오르간은 신음 소리를 내고 있었고, 그 때문에 교구는 급히 돈이 필요했던 것이다. 게다가 신부님은 성당에 나오는 신자들보다 더 많은 사람들이 모여들기를 원했고, 특히 사교 모임을 지속적으로 활성화해서 결혼식과 세례식 경기가 되살아나기를 바랐다. 물론 경우에 따라 결혼식과 세례식의 순서가 뒤바뀌는 커플도 염두에 둬야 했지만, 비르질 신부는 달콤한 혼란과 젊은 시절의 객기를 나쁜 짓으로만 보지는 않았다.

오래된 사제관 뒤에는 비스바흐의 냇가까지 뻗어 있는 커다란 뜰이 있었고, 나무 아래에 탁자와 의자들이 놓여 있었다. 신부님의 고집 센 요리사, 아말리에 프뢰스틀러는 파티에서 사랑받는 그릴 요리를 내놓기를 거부했다. 그녀의 근대적인 생각에 따르면, 성당에서의 손님 접대는 모든 종류의 찬 스테이크, 그녀가 잘하기로 소문난 푸짐한 수육 하우스줄츠, 매콤한 것을 바른 빵과 맛있는 샐러드가 적당했다. 주방의 화덕에는 엄청나게 매운 고기 스튜 굴라쉬와 일품요리 아인토프가 뭉근히 끓고 있었다. 아인토프의 숨겨진 풍부한 맛은 신앙심 없는 사람들까지도 겸허하고 감사하는 미식가로 바꾸어놓았다. 사과파이와 버찌파이, 포도파이 세 가지는 신의 뜻에 맞게 사는 삶의 달콤함을 보여주었다. 신부님은 희생적인 노력으로 부르크하임과 브룬도르프의 최고 제조자가 만든 훌륭한 와인을 찾아냈다. 신앙심이 있는 사람이라면 와인을 기부하고자 하는 욕구도 있는 것이다.

물론 시몬 폴트는 그런 영양가 있는 연회를 가능한 한 놓치지 않았다. 이날 오후 그는 다행히도 시간이 났다. 그는 하늘의 계시로 지상에서 열린 축제에서 충분히 배를 채우고 기운을 차린 후 사람들 사이를 목적 없이 돌아다니며 만족해했다. 그는 지방신문사 기자가 이 축제에 대해 메모를 하는 것을 알게 되었다. 그래서 다음 호에 나올 흥미진진한 축제 기사에 관심이 갔다. 아마도 편집국장은 글을 통해 세계시민임을 과시하려고 애를 쓰면서, '이벤트'니, '플레어*'란 단어도 집어넣을 것이다. 안타깝게도 이 신부관의 연회에서 '터질' 만한 사건은 거의 없었다. 요리사의 돈 주머니라면 모를까.

"잘 있었나, 시몬, 자네도 왔군?" 프리드리히 쿠르츠바허가 그의 옆에 서 있었다. "최근에는 새로운 친구들과 어울린다고?"

"어떤 새로운 친구? 아……." 지난번 스보보다의 지하실에서 있었던 그 엄청난 시음회를 말하는군? 프리드리히, 자네는 정말 놓치는 게 없어."

"조금 그렇긴 하지." 쿠르츠바허가 심드렁하게 대답했다. "어땠어?"

"야단스럽고 우울했지." 폴트는 본론으로 들어갔다. "자네, 스보보다의 포도 압착장에 닥트가 있다는 걸 아나?"

쿠르츠바허는 놀라서 머리를 흔들었다. "두 개의 오크 통이 있다는 것은 그런 척하는 거야. 그곳은 며칠이면 가스가 사라져버려. 그렇지만 그 사람은 원래 그래."

---

* 불어로 분위기라는 뜻.

“뭔가 다른 것이⋯⋯.” 폴트는 목소리를 낮추었다. “자네 소송은 어떻게 되어가나?”

“따라와!” 쿠르츠바허는 정원 깊숙이, 조용하고 그늘진 비스바흐 냇가로 갔다. 폴트는 그의 뒤를 따랐다. “그러니까 하안 부인 댁에 갔었어. 부인과 이야기를 하려고 말이야. 부인은 그다지 설명을 하지 않았는데도 알고 있더군. 쿠르츠바허 씨, 난 당신이 돈을 돌려주었다는 걸 알아요. 그것을 법정에서 말할 겁니다. 그럼 일은 해결되는 거죠, 라고 그녀가 말하더군. 내가 감사를 하려 하니까 그 부인은 거의 무례할 정도였어. 남편이 해를 끼친 다른 사람들처럼 나 역시 자기와는 아무런 상관이 없다고 말하더군. 그리고 제발 자신을 내버려두라고 말이야.”

폴트는 고개를 끄덕이기만 하고 나서 잠시 생각을 했지만, 마음이 가벼워지지는 않았다. “자네에게는 잘된 일이군.” 폴트는 그의 두 팔을 잡았다.

“그래, 더 잘될 수는 없어.” 나이 든 와인 제조자의 말에는 묘한 진지함이 드러났다. 그는 머뭇거리다가 말했다. “맙소사, 저기 하베잠 부인이 우리 쪽으로 오는데!”

도망치는 것도 소용없이, 몇 초 후 하베잠 부인이 자신의 희생물을 불러 세웠다. “안녕하세요.” 그녀는 승리를 거둔 듯이 말했다. “남자들만의 비밀인가요?”

"물론이지요." 폴트가 쾌활하게 응수했다. "그렇기 때문에 누구도 이에 관해서는 들어서는 안 된답니다."

"잠깐만요." 하베잠 부인의 까마귀 눈이 번뜩였다. "그렇다면 알베르트 하안에 관한 것이겠군요. 요즘 뭔가 뒤에서 하는 말이라면 항상 그에 관한 것이지요. 좋아요, 당신들의 바보스런 그 비밀을 지키세요. 그런데 제가 생각할 거리를 드리지요. 경위님, 대충 2주마다 우리의 사랑스런 알베르트 하안을 찾아오는 사람들이 있었어요. 먼저 그 원숭이 같은 스보보다가, 그다음에는 점잖은 신사 건축가가 끼었어요. 사람들은 늦은 밤에 와서는 날이 밝기 전에 다시 갔어요. 빈에서 온 유명한 신사 양반만 정오, 아니 조금 늦게 갔어요. 코 주위가 꽤나 창백해져서는."

"그게 꿈이 아닌 것이 확실합니까, 하베잠 부인?" 폴트가 웃으면서 물었다.

"현실은 저의 재능 있는 꿈보다는 훨씬 더 짜증나지요." 아는 게 많은 가게 여주인이 대답했다. "게다가 두 사람 다 이 정직한 사람을 못 믿겠다면, 저를 그냥 내버려두세요!" 그녀는 머리를 꼿꼿이 들고 가버렸고, 폴트는 또박또박하게 "유치한 고집쟁이들"이라고 중얼거리는 소리를 들을 수 있었다.

두 사람이 사람들 사이에 섞였을 때 놀랍게도 브룬도

르프의 음식점 주인 마르틴 슈텔처가 보였다. "하늘의 경쟁자를 보려고?" 쿠르츠바허가 물었다.

"내 단골손님들이 모두 이곳에 있는데 달리 내가 뭘 하겠어요?" 주인이 말했다. "신부님께서 이런 일을 하시는 거야 어쩔 수 없지요. 하지만 모든 모임이 그들만의 연회를 연다면 내 돈벌이를 빼앗아가는 셈인데, 게다가 덤으로 내게서 유리잔까지 빌려가니 그렇죠. 정말 비참하답니다."

폴트는 그의 걱정을 잘 이해할 수 있었기에 동정심으로 이미 기분이 어두워졌다. 그리고 곧 자신의 근무시간이 시작된다는 것이 떠올랐다. "자네 아는가?" 그는 위로하듯 마르틴 슈텔처에게 말했다. "잘 봐, 신부님의 요리사한테 레시피를 몇 개 얻게. 그러면 손님들이 떼로 자네에게 달려갈 거야. 어쨌거나 난 지금 가야 해. 그럼 즐거운 시간 보내!"

자정 무렵까지는 토요일 저녁에 항상 해왔던 대로 해결이 가능한 일상적인 사건들만 있어서 하루가 평온하게 지나갈 것 같은 느낌이 들었다. 그러나 폴트 경위는 부르크하임에서 몇 킬로미터 떨어진 곳, 들판 사이 국도에 있는 디스코텍 '블루 문'의 주인으로부터 전화를 받았다. 플로어에서 싸움이 벌어졌다는 것이었다.

폴트와 그의 동료 에른스트 츨라빙어는 두 대의 공무용 순찰차 가운데 한 대를 타고 그곳으로 달려갔다. 운전석에는 츨라빙어가 앉았다. 그가 운전을 더 잘했기 때문이다. "이 둔한 고철 덩어리 같으니." 그는 출발하면서 욕을 했다. 비용 절감을 위해 디젤 엔진 차만 둔 후로는 더 이상 공무상으로 엄청난 속도를 낼 수 없게 되었다.

몇 분 후 두 경찰관은 DJ 박스에 서 있었다. 그 옆에는 주인이 있었다. 음악에 따라 움직이는 조명이 플로어에서 싸우고 있는 사람들의 격한 동작을 기괴하면서 제의(祭儀)적인 동작으로 끊어놓았다. 상황은 꽤 심각해 보였다. 그동안 주인이 전화에서 말했던 것보다 더 많은 사람들이 싸움에 가담해 있었다.

"음악 좀 꺼주시오!" 폴트가 DJ에게 말했다. 그러자 갑작스러운 정적에 싸움도 잠잠해지는 것을 보고 자신도 놀랐다. 물론 잠시였지만. "내 말 들립니까?" 경위가 물으면서 마이크를 가리켰다. DJ는 고개를 끄덕였다.

"만약의 경우를 대비해서 차로 가서 지원 요청을 해." 폴트가 동료에게 속삭였다. "그리고 10분만 시간을 주게." 그는 마이크를 자기 쪽으로 끌어당겼다.

"모두들 멈춰!" 그가 좋게 말했다. "나는 폴트 경위다. 지금 동료가 지원 요청을 할 것이다. 그전까지 몇 분간 시간이 있다. 여러분이 조용히 신분증을 제시하고 절차에 응한다면 쉽게 끝날 것이다. 알겠나?”

폴트는 플로어로 갔다. 그동안 주인은 밝은 조명을 켰다. 이제 디스코텍은 이성을 마비시키는 마법의 세계가 아니라, 우울하고 추한 공간일 뿐이었다. 폴트 경위는 꽤나 악명 높은 오토바이 패거리의 대장, 마이크 하클을 알아보았다. “아니, 마이크?” 폴트가 묻자, 마이크는 체념한 듯 고개를 끄덕였다.

남자들이 차례차례 이름과 주소를 댔고 자신의 신분증을 건넸다. 모든 것이 순조롭게 진행되는 듯이 보였다. 그때 갑자기 하클의 눈이 놀란 듯 번쩍이는 것이 보였다. 폴트는 재빨리 뒤로 돌아섰지만 곧 누군가 그의 머리를 아래로 낚아채더니 무릎으로 턱을 쳤다. 경위는 심한 통증을 느끼고 비틀거렸으나, 잠시 후 다시 몸을 가누었다. 버니라고 불리는 베른하르트 빌트가 다른 남자들에게 붙잡혀 있는 것이 보였다. “아니, 네가.” 폴트가 중얼거렸다.

곧 츨라빙어가 두 사람의 다른 동료와 함께 돌아왔다. 그는 어떻게 된 건지 물었다.

“그런대로 괜찮아.” 폴트가 말했다. “인적 사항은 기록했어. 내가 보기에 심한 부상은 없고 기물손상도 없

어. 아무도 고소할 생각은 없다는군. 공권력 행사는 우
선 이쯤에서 끝을 내지.”

그러고 나서 마이크 하클을 향했다. “경찰서에서 이야
기를 좀 했으면 하는데. 자네 술 마셨나?” 전사처럼 가
죽 차림을 한 젊은이가 말없이 고개를 가로저었다. “그
럼 오토바이를 타고 우리 뒤를 따라오든지 아니면 앞서
달려가서 기다리든지. 나중에 보세!”


“자, 마이크?” 하클과 마주 앉아서 폴트 경위는 이날
벌써 두 번째로 말했다.

“브라이튼펠트에서 온 놈들이에요.” 마이크가 말했다.
“머리에는 젤을 바르고 값비싼 스킨 냄새를 풍기고. 낡
은 미군 오토바이를 타면서 자기네들이 뭐라도 되는 듯
여기더군요. 단지 도시에서 몰려왔다고 해서. 그놈들 때
문에 우린 열 받아요. 그런 데다가 우리를 자극하기도
하고요, 바보 멍청이들.”

“음…….” 폴트는 한 음절을 내뱉고 애착을 갖고 지켜
온, 특히 교회 봉축일에 마음껏 발휘하던 마을 젊은이들
간의 전통적인 적대관계를 생각했다. 그리고 자신이 좋
아하는 브룬도르프 축구팀과 슈팅크바흐 팀 간의 축구
경기도 생각했다. 그 경기는 거의 매번 심판 없이 주먹

질로 끝이 났었다. "그래도 싸움질보다 재밌는 것도 있잖아." 폴트는 소극적으로 말했다.

"들어보세요, 경위님." 마이크 하클은 심각해졌다. "재밌는 게 많지는 않아요. 술집에 앉아서 부스럼투성이의 늙은이들과 진탕 술이나 마시고 있을까요? 아니면 클럽에 들어가서 전쟁 기념비 앞에 뻣뻣하게 서 있을까요? 그나마 괜찮은 이곳 여자애들은 모두 옛날부터 남자친구가 있고, 그 남자친구가 한눈을 팔면 남자친구가 되려고 기다리는 두세 명의 후보자들도 있어요. 와인 저장고요, 좋죠. 그곳에서도 드물지만, 난리가 났었죠. 하지만 오토바이는 자유를 뜻해요. 두 다리 사이에 야생의 동물이 있는 거죠. 그리고 디스코텍에는 테크노, 플로어댄스, 힙합, 리듬이 있죠. 그곳에서는 잠시지만 해방감을 느낄 수 있어요. 그렇지만 브라이튼펠트에서 역겨운 놈들이 와서, 성질까지 건드리면 화가 날 수밖에요. 그렇죠?"

"아니." 폴트는 말했다. "그렇지만 이해는 가네."

"그럼 버니는 어떻게 되는 거지요?" 마이크는 숫기 없이 물었다. "그 녀석은 괜찮은 놈이에요. 그냥 다혈질일 뿐이죠, 아시잖아요."

"내일 버니와 얘길 해보지." 폴트는 회피하듯 대답했다. "근무 끝나고 말이야."

# 폭주족 하클의 고백

폴트는 오랜만에 제대로 잠을 잘 수 있었다. 그는 정오에 프란츠 그라이스에게 가서 뒤뜰 작은 저장고에서 주인이 직접 훈제한 소시지 두 개에다 맥주를 마시고는 걸어서 부르크하임을 지나 빌트네 집에 도착했다.

커다란 대문은 열려 있었다. 폴트는 들어가서 부엌문을 두드렸다. 빌트 부인은 크고 체격이 단단한 사람으로, 문을 열고는 놀란 듯 검은 두 눈으로 그를 쳐다보았다. "경위님이 오실 거라고 알고는 있었어요." 그녀가 말했다. "베른하르트는 텔레비전 앞에 있습니다."

"아, 네." 폴트는 친절하게 말하고 빌트 부인을 따라 거실로 들어갔다.

베른하르트는 발소리를 듣고 문쪽을 쳐다보더니 텔레

비전을 끄고 폴트에게로 왔다. 그러곤 "함께 가드리지요"라고 뻔뻔스럽게 말했다. "왜 어제 그 자리에서 잡아들이지 않았죠?"

그동안 폴트는 소파에 앉았다. 잠시 후 폴트가 말했다. "버니, 넌 멍청이야." 그리고 상대방이 화가 나서 달려들 태세를 하자, 급히 덧붙였다. "너는 집행유예 중이야. 아직 경찰을 공격하는 것만은 하지 않았는데 말이지. 그럼 넌 정말 제대로 걸려드는 거야."

"저도 압니다. 그런데 왜 그런 말을 하는 겁니까?"

"널 어린 시절부터 알고 있기 때문이야, 버니. 넌 항상 성미가 급하고 다혈질이었지. 그런 기질이 네 핏줄에 흐르고 있어. 그건 너도 어쩔 수 없을 테지."

버니는 잠시 침묵했다. "전 그동안 자제를 잘하고 있었어요. 더 이상 술도 마시지 않아요. 몸이 받지 않거든요. 그런데 어젯밤 디스코텍에서는 제가 받은 집행유예와 싸움질 때문에 고소당할 생각만 나더군요. 그러면 상황은 더욱 나빠질 테고. 그래서 갑자기 폭발해버린 거죠."

"알아." 폴트는 자신의 턱을 쓰다듬었다. "뭐라 말할까, 버니." 경위는 할 말을 찾았다. "내 생각에는, 상황이 심각해진다 싶으면 그냥 피하는 것이 훨씬 나을 것 같은데. 예를 들어 어젯밤, 브라이튼펠트에서 온 녀석들이 나타났을 때 말이야.”

“도망치는 걸 말씀하시는 겁니까, 성질을 누르고요? 제가 술을 마시지 않는다고 해서 절 조롱하도록 내버려 두라고요?”

“피하라니까.” 폴트는 고집스럽게 말했다. “그건 때로는 위험을 향해 달려드는 것보다 더 용감한 거야.”

당황스러운 그러나 어느 정도 평온한 침묵이 뒤따랐다. 시몬 폴트는 덧붙여 말했다. “그런데 난 기억력이 나빠, 그렇지?”

“네.” 버니는 상대방을 쳐다보지 않고 말했다. 폴트는 부엌에서 막 산더미처럼 구워낸 슈니첼을 데우기 위해 화덕에 넣고 있던 빌트 부인과 작별인사를 했다.

“감사드립니다. 경위님.”

“공무와 상관없는 겁니다.” 폴트가 대답했다. “전 사적으로 온 겁니다. 모르시겠어요?”

몇 걸음 가자마자, 옆에서 나지막하게 오토바이가 부릉거리는 육중한 소리가 들려왔다. 마이크 하클이 브레이크를 걸고 오토바이용 헬멧의 앞부분을 위로 올리면서 자신을 보고 있는 폴트에게 얼굴을 찡그렸다.

“이런 우연이.” 폴트가 천천히 말했다.

“우연이 아니에요.” 마이크가 대답했다. “경위님을 기다렸어요. 버니가 어떻게 되는지 알고 싶어서요. 경찰관 나리, 당신은 나한테 체포당했어요!" 그는 자신의 오토바이를 가리켰다. "타세요. 헬멧을 하나 더 가져왔어요, 특대 사이즈로요."

"너희 폭주족들의 거친 관습이지." 폴트가 기분 좋게 말하며 귀 한쪽을 접어 헬멧을 썼다. 그러고는 조금 서툴게 마이크의 뒷자리에 앉았다.

"방해받지 않고 이야기할 수 있는 곳을 압니까?" 오토바이 주인이 어깨 너머로 물었다. "물론. 부르크하임 켈러가세를 올라가서 국경까지 달려."

"좋죠." 마이크는 거의 눈치챌 수 없게 시동 손잡이를 돌렸고, 그렇게 이 기묘한 한 쌍은 출발했다.

폴트는 무의식적으로 발터 양이 자신을 어떻게 생각할지, 이런 자신을 보면 뭐라고 할지 스스로에게 물었다. 그러나 그는 예전에는 몰랐던, 달리는 쾌감에 집중했다. 마이크가 장난하듯, 섬세하고 경쾌하게 오토바이를 다루는 것이 느껴졌다. 자전거나 차 안에서는 도로의 커브와 이렇게 감각적이고 에로틱한 관계를 가질 수 있으리라고는 생각해본 적이 없었다. 중력과 원심력, 움직임이 교차하는 무한한 즐거움이 있었고, 그것은 일반인들의 기준에서 한참 벗어나 있었다.

마이크는 길고 경사진 부르크하임의 켈러가세를 편안하게 달렸다. 두 사람이 마지막 포도 압착장에 도달했을 때 그들 앞에는 경작하지 않은 땅이 완만한 굴곡을 만들며 펼쳐져 있었고 좁은 도로는 곧바로 북쪽으로 이어져 있었다.

"잡으세요." 마이크가 조용히 말했다.

다음 순간 오토바이가 성난 말처럼 일어서더니 격렬한 힘이 그를 좌석에서 떼어내려는 듯했다. 마이크를 세차게 붙잡은 폴트는 겁에 질린 채 주위 경치가 너무나 빨리 지나가는 것을 느꼈다. 그러면서 세속의 불행으로부터 점점 멀어져서 저 세상으로 향하는 이런 방식에 역동성과 스타일이 있음을 인정하지 않을 수 없었다.

마이크가 속도를 줄이기 시작했을 때는 아주 잠깐의 시간이 흘렀을 뿐이었다. 마침내 표지판 앞에서 오토바이 바퀴가 천천히 구르면서 멈춰 섰다. 표지판에는 '주의! 국경은 도로 중앙에 있음' 이라고 쓰여 있었다. "이제 어떡하죠?"

"국경을 따라서 오른쪽으로." 폴트가 딱딱한 어조로 말했다. "그곳은 꽤나 비탈진 곳인데, 버려진 건물 몇 개가 보일 거야. 거기가 우리의 목적지야."

반쯤 허물어진 집과 헛간이 예전에 마을이 있었다는

걸 말해주고 있었다. 이 주데텐 산맥 마을에 살던 독일인들은 전쟁 후 추방당했다. 그 후 마을 대부분은 체코 땅이 되었고, 국경 보호구역으로 자리를 내주어야만 했다. 오스트리아 지역에서는 아무도 돌보지 않았기 때문에 집들은 들판의 녹색 속으로 점차 가라앉았다.

폴트는 마이크의 오토바이에 기대선 채 나무에서 사과를 땄다. "이건 한번 먹어봐야 해! 50년 이상이나 약을 뿌리지 않았지."

마이크는 사과를 베어 물고 주위를 둘러보았다. "이곳은 정말 이상한 곳이군요." 그는 인정한다는 듯 말했다. "이런 곳이 있으리라고곤 생각도 못 했어요. 그런데……." 그는 예상치 못한 질문을 했다. "저희에 대해 어떻게 생각하세요?"

경위는 잠시 생각에 잠겼다. "잘 모르겠네. 하여간 자네들은 말썽을 일으키잖아. 그렇다고 암흑가의 폭력배들도 아니고. 오히려 경솔하면서도 꽤 거친 무리들이지."

마이크는 천천히 고개를 끄덕였다. "대충 그렇지요. 그렇지만 진짜 문제는 그게 아니에요."

시몬 폴트도 사과를 씹으면서 그의 말을 들었다.

"하안 씨의 곤란한 죽음 때문에 편치 않으시죠, 그런가요?"

"만약 그렇다면?"

"우리가 그와 그다지 친한 사이가 아니었다는 것을 아실 테지요." 마이크가 말했다.

"그때 그 물고기는 어떻게 된 건가?" 폴트는 건성으로 물었다.

"그것은 물론 우리, 정확히 말하자면 저였습니다." 마이크는 비웃는 듯했다. "심지어 저는 슈톡커라우까지 날아갔어요. 거기서 통통한 송어 한 마리를 사서 일주일 동안 집에서 잘 저장을 했지요. 물론 상온에서요. 그러고는 그 귀한 시신을 냄새나지 않도록 알루미늄 포일로 예쁘게 싸서 브라이튼펠트에서 소포로 부쳤어요. 브룬도르프 13번지 알베르트 하안을 수신인으로 해서."

"알아." 경위는 웃음을 지었다. "하안이 화가 나서 우리 경찰서에 나타났었지. 익명인을 고소하려고 말이야. 오토바이로 경호하면서 정말 재미있어했겠군, 안 그래?"

"그랬지요." 마이크는 조금 심각해졌다. "우린 그에게 아무 짓도 하지 않았어요. 하안 씨가 차를 타고 가는 동안 우리는 오토바이를 타고 갔죠. 앞, 옆, 뒤에 거의 딱 붙어서요. 하안 씨는 불쾌했겠죠. 브루노 바르틀 씨도 아시죠?"

폴트는 말없이 고개를 끄덕였다.

“아주 멋진 사람이죠, 정말 괴짜이고. 우리는 그 사람을 좋아해요.”

경위는 어깨를 으쓱했다. “나한테는 오히려 멜랑콜리하게 보이는데.”

“그렇게 말할 수도 있지요.” 뜻밖에도 마이크는 평화롭게 말했다. “하여간 이상한 일이 떠올랐어요. 하안 씨에게는 때때로 손님들이 왔는데, 그들은 밤을 샜죠.”

“그래서?”

“스보보다 씨도 있었어요, 그리고 그 건축가인지 뭔지 하는 사람도. 바로 이 대목이에요. 밤늦게 그중 한 사람이 차를 타고 포도밭 오두막에 와서 브루노 씨를 데려가더군요. 경위님도 그를 집에 데려다 준 적이 있었지요, 먼동이 트기 전에요. 보통 그 사람은 너무 취해서 업고 가야만 했어요. 자기들도 거의 걸을 수 없는 상태였는데 말입니다.”

“이상하군.” 폴트는 사과 꼭지를 잔디에 버렸다. “알베르트 하안에 대해 다시 이야기해보지. 그가 사랑스러운 인간이 아니었다는 건 우리 모두 알아. 그렇지만 너희들한테는 아무 짓도 하지 않았을 텐데?”

마이크는 잠시 동안 아무 말도 하지 않았다. 그러고는 눈에 띄게 정신을 집중했다. “경위님은 정말 괜찮은 분입니다. 그러니 우리 솔직하게 말해요. 제 동생을 아시지요?"

"리치?" 폴트는 이마를 찡그렸다. "그 애는 이미 여러 해 전에 빈으로 가지 않았나?"

"맞아요." 마이크가 땅을 내려다보았다. "그 애는 우리들 모두보다 더 영리한 데다 예술적인 재능도 있었어요. 그림을 그렸지요. 일몰이나 켈러가세는 아니고, 추상화 쪽이었는데, 정말 멋있었어요. 마을의 어느 구석과도 어울리지 않는 아주 극단적인 타입이었지요. 술도 많이 마셨는데, 방탕해서가 아니라, 이런 희망 없는 일방통행로를 벗어나기 위해서였어요. 조금이라도 말입니다. 나중에는 점점 더 빈에 희망이 있을 거라고 생각하더군요. 빈에서 동생은 거의 모든 것을 해보았고 마약 같은 것에도 손을 댔어요. 그렇지만 절대 주사는 맞지 않았어요. 하지만 제 생각에는, 거의 자신을 포기한 상태까지 갔던 것 같아요. 한 번은 밤에 요상한 술집에서 알베르트 하안을 만난 겁니다. 그 사람이 그곳에 뭘 하러 온 건지 누가 알겠습니까. 간단히 말해서, 리치는 대마초에 취해 기분이 오를 대로 올라서 공격적이 되었고, 하안에게로 달려들었지요. 그리고 사람들이 보는 앞에서 하안의 면전에다 대고 여기서는 어느 누구도 엄두도

내지 못할 말을 했어요. 나쁜 새끼니, 인간말짜니 하면서요. 그러고는 점점 더 정신이 분명해져서는 하안의 코 앞에서 꽤 불쾌한 일들을 끄집어냈죠. 하안은 아주 조용히 그곳에 앉아 있었어요. 그런데 갑자기 큰 소리가 나면서 의자에서 떨어지더니 도움을 청했지요. 바로 그때 경찰들이 들어왔어요. 그의 친구, 스보보다가 조용히 그리고 몰래 경찰에 전화를 한 거죠. 화가 난 리치는 스보보다를 전혀 알아보지 못했어요. 하안은 리치가 먼저 거친 욕에 비방을 하고 죽이겠다고 협박까지 하며 자신을 공격했다고 말했어요. 스보보다는 이 모든 것을 열심히 증언해주었고, 점잖은 손님들 중 누구도 이의를 제기하지 않았어요. 그들은 오로지 자신들의 평안만을 원했으니까요. 그렇게 리치가 걸려든 겁니다. 대마초, 불법 무기 소지, 그러니까 주머니칼에 상해까지. 교활한 하안은 의사에게까지 가서 푸른 멍과 자신이 만든 작은 열상을 보여주었지요. 내 동생은 석 달 동안 감방에 있어야 했어요. 그러면서 분명 자신을 최종적으로 망치는 데 필요한 나머지를 배웠을 겁니다. 재판이 끝나고 전 맹세했어요, 하안이 더 이상 자신의 비참한 인생에 재미를 느끼지 않도록 만들겠다고요. 그것은 단지 시작이었어요. 우리는 어두울 때 그를 붙잡아서, 우리들 중 아무도 알아보지 못하게 머리에 자루를 씌우고 한동안 누워만 있게 흠씬 두드려 패려 했어요. 의사를 찾아갔던 보람이 있게 말이죠."

"한동안이 아니라, 영원히 누워 있는 거라면?"

"그것도 나쁘지 않은 해결책이네요!" 마이크는 다시 웃음을 지었다. "그렇지만 누군가 우리보다 더 동작이 빨랐어요. 그리고 더 영리하고요."

"모든 정황으로 보아 사고 같아." 그다지 설득력이 없는 말투로 폴트가 말했다.

"상관없어요." 마이크는 엄지로 뒷좌석을 가리켰다. "문명세계로 되돌아가는 게 어떨까요?"

"그러지." 폴트는 그다지 우아하지 않게 오토바이에 올라탔다. "프란츠 그라이스 집에 한잔하러 가겠나?"

"좋지요."

몇 분 후 두 사람은 평화롭게 음식점에 들어섰다. 프란츠 그라이스는 놀란 시선을 던졌지만 이내 다시 평상시처럼 그들을 쳐다보았다. "무슨 일 있어요?" 그는 격자무늬의 행주로 잔의 물기를 닦았다.

"맥주 좀 주게나." 폴트가 말했다. "아주 큰 걸로 주게, 빨리."

"전 콜라요." 마이크가 설명하듯 덧붙였다. "술은 오

114

토바이랑 어울리지 않거든요.”

　“법적으로, 그런 모습이 보기 좋지.” 폴트는 동의하고
웃으면서 자신의 맥주잔을 집었다.

## 즐거운 의식, 와인 테이스팅

며칠 후 저녁, 시몬 폴트는 근무를 마치고 집으로 돌아왔다가 머리가 긴 젊은 미장이를 보고 깜짝 놀랐다. 그는 집의 담을 긁어내고 있는 미장이에게 가까이 다가갔다. 낡은 청바지와 넓은 작업복 상의를 입은 미장이는 휠렌바우어의 젊은 아내 에리카였다. "안녕, 시몬!" 그녀는 말하면서 열심히 계속 담을 문질렀다. "미장이는 이런 일을 할 인내심이 없어요. 그렇지만 집이 예전처럼 된다면 정말 기쁠 거예요."

여러 달 전부터 이 부부는 상속받은 농장에서 60년대의 눈먼 현대화 열기가 생각해낸 흉측한 것들을 처리하는 데 열심이었다. "참, 손님이 오기로 해서 지하 저장고

116

에 있겠다고 에른스트가 전해 달래요. 혹시 가고 싶으면……?"

시몬 폴트는 정말 가고 싶었다. 그에게 휠렌바우어의 지하 저장고는 땅 아래에 있는 어두운 하늘이었다. 비록 신부님은 신학적인 이유에서 이런 평가에 동조하려 하지 않았지만 말이다. 그래서 근무가 끝난 경위는 검은색 자전거를 꺼내 와서 목적지를 향해 부르크하임의 켈러가세를 달렸다. 보통 때는 길이 가파르면 자전거에서 내려 자전거를 끌고 갔다. 하지만 이번에는 밀려드는 조급함으로 그럴 수가 없었다. 심지어 마지막 몇 미터는 서서 자전거 페달을 밟았다. 그는 달아오른 얼굴로 숨을 헐떡였지만 기쁜 마음으로 커다란 포도 압착장 옆으로 깊숙이 열려 있는 지하실 문을 향해 달렸다.

벽돌로 만든 가파른 계단이 아래로 이어져 있었다. 마흔두 개의 계단은 각각 다른 모양으로 둥글게 닳은 모서리와 튀어나오거나 파인 곳이 있었다. 시몬 폴트는 이것이 편안하게 대화를 나누면서 지하실로 향하던 남자들의 발걸음에 의해 생긴 것임을 알고 있었다. 휠렌바우어 사람들은 대대로 이 계단을 내려가 지하실로 향했고, 한참 지난 후에는 이 계단을 통해 다시금 위로 올라왔을 것이다. 이 유서 깊은 계단을 아무 생각 없이, 무슨 이야기를 들려주는지 느끼지도 못한 채 오르내리는 외지인들을 생각할 때마다 폴트는 화가 났다.

서늘한 지하에 도착했을 때, 그는 서서 주위를 둘러보았다. 벽돌로 둥근 천장을 만든, 보기 드물게 넓고 높은 지하 저장고에는 거대한 오크통들이 빽빽하게 늘어서 있었다. 오른쪽으로 나 있는 작은 통로에는 검게 빛나는 와인 병들이 탑을 이루고 있었고, 와인 코르크에는 검은 지하실 곰팡이가 피어 있었다. 왼쪽의 좁은 통로는 커다란 반원형 천장이 나란히 있는 별로 높지 않은 두 번째 저장고로 이어져 있었다. 이 저장고에서 여러 길로 갈라지는데, 폴트는 이 길들이 고불고불하게 조용히 올라가다가 다시 내려가 어둠 속으로 이어지거나 갑자기 서로 합쳐지기도 하면서 은밀한 구석에서 끝이 난다는 것을 알고 있었다. 이 지하실 부분에는 전등이 없었다. 바보들만이 손전등으로 이 깊은 영역의 은밀한 마법을 풀어 버린다. 그러나 길을 찾으려 하는 사람에게 촛불은 조금씩 흔들거리는 영상을 어둠으로부터 떼어내고 오래된 비문과 기호들의 윤곽선을 드러낸다. 굽은 벽에서 경이롭게 움직이는 그림자들은 생각과 꿈도 춤추게 만든다. 폴트의 상관인 하랄드 망크도 함께 이곳에 온 적이 있었다. 그는 목적지가 분명한데도 대충 구조만 짐작할 수 있는 미로 속에서 헤매는 것이 어떤 동료가 일하는 방식을 떠올리게 한다고 짓궂지만 다정하게 말했었다. 폴트는 상관의 말에 이의를 제기할 생각은 해본 적이 없다. 게다가 그의 말이 틀리지는 않으니까.

지금 경위는 동료의 궤변에 대응할 필요는 없었다. 그는 좋은 저녁 시간을 보내기 위해 이곳에 왔을 뿐이다. 그는 서두르지 않고 커다란 오크통들을 지나 점점 더 깊은 곳으로 들어갔다. 젊은 휠렌바우어는 손님을 기다릴 때면 저편 뒤쪽에 있었다. 그곳은 멋있게 만들어진 둥근 천장 아래에 있는, 거의 정사각형에 가까운 공간이었다. 두 친구는 서로 인사를 나누었다.

"누구를 기다리나?" 폴트가 물었다.

"하르트만 씨." 주인이 대답을 하며 빵조각으로 가득 찬 바구니 옆에 비싼 유리잔과 양초 하나를 놓았다. "정말 가난뱅이는 아니야. 어느 정도는 괜찮은 사람이지. 내가 알기로 빈에서 시계 장사를 한다는군. 한 번은 손목에 아주 비싼 시계를 차고 있었는데, 난 그게 얼마인지 정말 알고 싶었어. 처음에는 믿을 수 없더군. 친애하는 시몬, 그 돈으로 자네는 이곳 포도 압착장 네 개와 지하 저장고까지 몽땅 살 수 있을 거야. 다섯 개까지는 아니겠지만."

폴트는 치를 떨었다. 하여간 그에게는 수많은 포도 압착장들이 미니어처로 축소되어 시계판과 시계바늘로 장식되는 것이 끔찍했다. "도와줄까?" 화제를 돌리기 위해 그가 물었다.

"아니, 오크통들은 씻었고, 병들도 어제 치웠어. 그렇지만 포도 압착장에서 몇 병 정도는 아래로 들어다 줄 수 있겠지. 하르트만 씨는 가족을 데리고 오거나, 친구들과 함께 올 때도 있거든."

시몬 폴트는 휠렌바우어의 거의 예언자적인 능력을 인정했다. 그는 젭 로이셸과 마주쳤던 것이다. 그때 젭은 지하실 계단에서 인사 대신 친밀하게 손으로 쓰다듬더니 의아스러울 정도로 급히 아래로 가버렸다. 폴트가 다시 돌아왔을 때 휠렌바우어는 젭 로이셸과 서로 가득 채운 잔을 마주하고 앉아 있었다. 그리고 경위를 위한 잔도 이미 채워져 있었다. "우리 그뤼너 벨틴을 시음하지. 그럴 시간은 있겠지. 내 92년산에 대해 어떻게 생각하나?"

경위는 아무 말도 하지 않았다. 아마 자신에게도 한 말이겠지만, 시음이란 것은 와인 제조자들 간의 일이라는 것을 너무나 잘 알고 있었다. 젭은 푸른색 혈관이 보이는 끝이 뭉툭한 코를 잔 속에 넣었다. 잠시 후 그는 빛을 향해 잔을 들고 눈을 깜빡이더니, 잔을 기울여 향을 맡았다. 그러고는 다시 한 번 코를 기울인 후 혼잣말처럼 말했다. "향을 맡을 때 이렇게나 벌써 소용돌이를 만들 수 있다니." 마침내 그는 한 모금을 마시고 소리 나게 훌쩍거렸다. "자네 92년산은 전부 이런가?"

휠렌바우어는 스스로 자랑하지 않기 위해 침묵했다. 그러고는 "수확이 좋은 해였잖아." 하고 거의 양해를 구하듯 말했다.

"다음 번에는 우리 집에 오게, 같이 테이스팅을 하세." 젭 로이셀이 호전적으로 말했다. "자네가 가진 92년산 바이스부르군더는 어떤가?"

휠렌바우어는 말없이 그가 말한 병을 찾기 위해 몸을 돌렸다.

'지금 전부 다 테이스팅을 하려는 것은 아니겠지' 라고 폴트는 생각했다. 만약 그렇다면, 엄숙함은 그의 와인에 대한 지식과 함께 당황함으로 변할 것이다. "자네의 이웃 포도 압착장은 팔렸지?" 그가 가볍게 물었다.

"그래, 빈 사람이 샀어." 젭 로이셀은 화가 나서 내뱉었다. 그렇지 않아도 붉은 그의 얼굴이 눈에 띄게 어두워졌다.

"왜, 문제가 있나?"

"신부님을 데리고 와야만 해." 젭 로이셀은 공격적으

로 말했다. "그건 죄악이고, 파렴치한 짓이야!"

그 사이에 휠렌바우어는 사이펀에 와인을 가득 채워 온 후 폴트에게 윙크를 했다. "무슨 죄?"

젭은 화가 나서 훌짝거리며 불쾌하다는 듯 손으로 코 밑을 닦았다. "일요일에도 그래. 난 트랙터를 타고 포도 압착장 뒤 포도밭으로 가고 있었는데, 갑자기 거기에 뭔가 있는 게 보이더군. 보고 또 쳐다보았지. 그제서야 난 내가 무엇을 보았는지 믿을 수 있었어. 어떤 여자가 벌거벗고 담요 위에 누워 있더군. 그래서 난 돌아왔지. 포도 압착장으로 들어와서는 놀란 마음에 포도주를 마시고 집으로 갔어. 그날은 포도밭 작업도 그것으로 끝이었어." 그는 도덕적으로 격분하여 떨었고, 침묵이 뒤를 이었다. "최소한 젊은 여자였다면." 마침내 젭이 덧붙였다. "자, 난 이제 테이스팅을 하고 싶군. 자네 부르군더 말이야."

휠렌바우어가 잔을 가득 채웠다. "당도는 18과 1/2도." 전문가 대 전문가로서 그가 설명했다. "7, 9프로밀의 산도, 건조한 맛."

조용히 세 사람은 테이스팅의 즐거운 의식을 치렀다.

젭이 머리를 비스듬히 떨어뜨렸다. "이 신맛이 바로 핵심이야." 그는 전문가로서의 자신의 감정을 재확인하기 위해 다시 또 한 모금을 마셨다.

그가 소리 내며 마시는 동안, 계단에서 발소리가 들렸다. 하르트만 씨가 이번에는 꽤나 서둘러 들어왔다. "정말 좋은 일요일입니다. 모두들!" 그는 다정하게 인사를 하면서 동시에 자신의 네 개의 포도 압착장 값이 나가는 시계를 불안하게 쳐다보았다. "미안합니다. 친애하는 횔렌바우어 씨. 그렇지만 오늘은 서둘러야만 합니다. 두바이에서 온 족장이 빈에서 나를 기다리고 있어요. 아마도 스물한 명의 부인 모두에게 시계를 선물하려나 봅니다. 그것도 싼 것도 아니고요. 아시죠, 그런 경우에는 일요일의 휴식도 신성불가침은 아니지요. 안 그렇습니까?"

"예, 예." 횔렌바우어는 형식적으로 말했다. 그는 막 자신에게도 스물한 명의 에리카가 있다면 어떻게 해야 할까 생각하고 있었기 때문이다.

"글쎄요." 도시의 가치관에 대한 노골적인 불신을 지닌 젭 로이셀이 내뱉었다.


잠시 후 하르트만의 차가 와인 상자를 싣고 갔고, 횔렌바우어는 편안하게 다시 지하실로 돌아왔다. "비싼 와인 테이스팅도 별거 아니야." 그는 별로 섭섭함을 드러내지 않고 말했다. "우리는 계속하지."

"말은 그만 하지. 병의 공기나 빼자고!" 젭 로이셸의 눈에서 단호함이 번뜩였다.

리슬링* 순서가 되었다. 이것은 첫 수확이었다. 그리고 블라우에 포르투기제, 생트 로렌, 츠바이겔트로 이어졌다. 점차 대화가 줄어들면서 즐거운 침묵이 자리 잡았다. 폴트는 주위 세상이 중력을 잃은 채 지하실의 둥근 천장이 열리더니 빛과 어둠 사이에서 흐릿한 실루엣만이 드러나는 듯한 느낌이 들었다. 여기 아래는 죽은 자들과도 멀지 않다는 생각이 들었다. 그리고 횔렌바우어 노인이 생각났다. 그가 죽은 지 채 반년이 되지 않았다. 폴트는 앞에 앉아 있는 젊은 횔렌바우어가 레드와인을 맛보는 것을 보았다. 처음에는 멈칫하더니, 곧 마음씨 좋은 얼굴이 환해졌다. "처녀처럼 공격적이군." 이것이 애정으로 가득 찬 그의 평이었다. 두 번째 모금을 마신 후에는 조화에 대한 기쁨을 음미했다.

제기랄, 왜 지금 알베르트 하얀이 떠오르는 거지?

"와인이 뭐가 잘못됐나?" 그를 보던 친구가 폴트에게 물었다.

"아니. 브룬도르프에서 있었던 그 망할 놈의 사건이

---

* 포도 품종의 하나.

다시 떠올라서 말이야.”

“아, 그 친애하는 하얀 씨 말인가.” 젭 로이셸은 꽤 큰 소리로 말했다. “인드리치라는 체코인을 조수로 두고 있는데, 그가 내게 말해주더군.”

“어떤 이야기 말인가?” 폴트는 내키지 않았지만 물었다.

“그가 웃으면서 한 말에 따르면, 하얀이 지하실에서 좁은 통로를 파내게 했다더군. 보물을 묻을 요량으로.”

“그래서?”

“그게 다야. 일꾼들은 파업을 했다더군. 하얀이 보통 때처럼 임금을 지불하지 않아서 말이야.”

“말해봐, 시몬.” 횔렌바우어가 끼어들었다. “그게 사고라고 아직도 생각하고 있나?”

“왜, 아니야?” 폴트가 고집스럽게 되물었다.

상대는 고삐를 늦추지 않았다. “난 경찰이 아니고 와인업자야. 그렇지만 하얀을 죽일 이유를 가진 사람들은 많지 않은가. 그리고 그중 몇몇은 그럴 수 있는 분명한 가능성이 있어. 이산화탄소 말이야.”

“그렇지, 하얀의 지하실과 연결되는 지하실에서 몇 분간 눈에 띄지 않고 있을 수 있는 모든 사람이지.”

“그럼 개연성이 없는 이유는?”

“내가 이곳에서 경찰관으로 일한 지 이제 곧 10년이

되는데, 어떤 와인 제조자도 이산화탄소로 불법 행위를 저지를 생각을 하는 사람은 없었어. 그들은 그런 일에는 어울리지 않아."

"그렇지만 이 근방에 하안 같은 사람도 없었지 않나. 그런 사람은 우연히 죽는 게 아니야. 그건 자네도 알겠지, 시몬. 그런데 그게 꼭 포도 재배자여야 하나?"

"자네 말이 옳다 하더라도. 확실하고 구체적인 증거가 하나도 없다네."

"수사망을 늦추지는 않을 테지?" 휠렌바우어는 폴트를 가볍게 쳤다.

"자네 아는가." 폴트는 나지막이 말했다. "점점 이 일이 머리끝까지 차오르는군. 마실 것 좀 주겠나?"

휠렌바우어는 말없이 자신의 특별한 와인이 저장되어 있는 옆 통로로 갔다. 서두르지 않고 그는 곰팡이가 가득 찬 병을 가지고 왔다. "62년산 트라미너, 늦게 수확한 거야."

남자들은 말없이 와인을 마셨다. 점차 생각들이 희미해지고 둔해졌다. 시간은 한계를 넘어서고, 파티의 만족감과 편안함이 모두에게 충만했다. 병이 비자, 젭 로이셀의 흐느끼는 소리가 들렸고, 시몬 폴트와 에른스트 휠렌바우어는 서로 고갯짓을 했다. 잠시 후 세 사람은 천천히 계단을 올라갔다.

마흔두 개의 계단, 폴트는 생각에 잠겨 각각의 계단참을 의식적으로 밟았다. 곧 누군가 자신을 부드러운 안정감 속에서 가차 없는 세상으로 떠미는 듯한 느낌이 들었다. 그는 잠시 차가운 밤공기 속에서 휘청거리다가 어둠 속에서 포도 압착장의 확실한 실루엣과 뚜렷한 길을 보았다. 골짜기 아래로 이어지는 켈러가세가 갑자기 두려움을 불러일으켰다. 곧고 단호하게 뻗어 있는 켈러가세가 폴트의 얽히고설킨 생각을 끊어놓았다. 이 거리는 '만약'이나 '그렇지만'이라는 것을 허용하지 않았다.

집으로 돌아온 시몬 폴트는 열린 대문 앞에서 자신의 친구에게 밤 인사를 한 후 열쇠를 꺼내 들고 뒤로 갔다. 문을 막 열려고 하는데 압정으로 꽂은 쪽지가 보였다. 쪽지를 떼어내 불빛에서 보니, 그것은 학생 노트에서 볼 수 있는 격자무늬의 쪽지였다. 거기에는 "포기해, 폴트. 넌 불행을 몰고 올 거다"라고 쓰여 있었다.

# 불편한 침묵

폴트는 열린 창문가에 앉아 있었다. 그의 무릎에는 수고양이 체르노호르스키가 머리를 대고 누워 있었다. 조용히 숨을 내쉬고 있는 불분명한 털북숭이 형체로 귀만 뾰족이 솟아 있었다. "인쇄체군, 친구." 폴트가 말했다. "그렇지만 뭔가를 숨기려고 별로 애를 쓰지는 않았군. 농부들이 이렇게 쓰지." 체르노호르스키는 조용히 코를 골기 시작했다. "거의 포기하려 하고 있었는데. 이제 이 재수 없는 인간이 사건을 끝까지 밀고 나가도록 만드는군." 고양이는 앞발톱을 뻗어 부드럽지만 날카롭게 폴트의 피부를 긁었다. "이게 뭘 뜻하는지 알아, 체르노호르스키? 범죄수사과, 수사반, 감식, 심문. 와인 저장고는 정말 불편해질 거야. 그리고 그건 내 책임일 테고.”

다음 날 아침 폴트는 먼저 자신의 상관에게 갔다. “친애하는 경위.” 그는 눈치를 살피는 듯한 시선으로 말했다. “해가 서쪽에서 떴나?”

“뭐 그렇다고 할 수 있죠.”

경위는 지금까지 하안에 관해 들은 것을 말했고, 끝으로 문에 있던 쪽지에 대해 보고했다. 쪽지는 이미 감식 중이었다. 폴트의 상관은 오랫동안 아무런 말도 하지 않았다. 그리고 편안하게 아침 시간을 보내며 읽으려던 신문들을 구겨 벽에다 던지고 전화 수화기를 잡았다.


다음 날 화요일 오후, 머리가 벗겨지기 시작한, 마르고 눈에 띄지 않는 주 경찰청 수사관 크라트키가 두 사람의 동료를 데리고 시몬 폴트와 함께 하안의 포도 압착장 앞에 서 있었다. 아침 일찍부터 비가 오기 시작하더니 지금은 바람까지 불고 있었다.

폴트는 하안 부인에게서 받은 열쇠 꾸러미에서 포도 압착장의 열쇠를 찾았다. “우습군요!” 그는 신식 자물쇠의 작고 빛나는 열쇠를 높이 들었다.

“우리, 안에 들어가서 이야기하세.” 크라트키가 기분이 좋지 않은 듯 말했다.

폴트는 문을 열고 계속 말을 이었다. "진짜 포도 압착장 열쇠는 전혀 다르죠. 술집에서 싸움질을 할 때도 써먹을 수 있거든요. 아버지로부터 그 열쇠를 넘겨받는 그 순간 어른이 되는 것이죠."

"흠." 크라트키는 어느 정도 흥미가 있는 듯 젖은 개처럼 몸을 흔들어댔다. "포도 압착장과 지하실에는 그동안 누가 들어갔지요?"

"하안 부인 말로는 없답니다. 그리고 그 말은 맞을 겁니다. 여기서 할 일이 무엇이 있겠어요?"

크라트키는 대답하지 않았다. 그는 트렌치코트의 단추를 잠그고 말했다. "시작하세, 친구들. 여러분은 우선 위에 남아 있어요. 지하실의 사건 현장이 더 이상 훼손되지 않아야 하니까. 나중에 여러분을 부르지요."

폴트는 노란 플라스틱 의자에 앉고 싶지 않아서 인내심을 갖고 서서 기다렸다. 아래 지하실에는 강한 배터리 등이 켜지며 잠깐 동안 섬광이 일어났고, 간간이 몇 마디 나지막한 말소리가 들려왔다. 약 반 시간 후에 크라트키가 지하실 문에 나타났다. "이제 오시죠. 우리는 발자국과 끌고 간 흔적을 찾았습니다. 이것들은 이웃에 사는 두 명의 것으로 확인되었어요. 그 사람들 이름이 뭐죠?"

"쿠르츠바허와 브룬너." 폴트는 뭔가 사적인 것을 누

설하는 듯이 중얼거렸다.

크라트키는 커다란 손수건에 코를 풀고는 그것을 가지런히 접었다. "이제는 이산화탄소가 어떻게 범행 현장에 들어갔는지 물어야겠지요."

폴트는 주위를 둘러보았다. 알베르트 하안의 지하실은 크지 않았다. 지하실 통로는 약 20여 미터를 지나 벽돌로 된 벽과 함께 끝이 나 있었고, 오른쪽에 있는 두 개의 입구는 벽에서 조금 들어가 있는 잘 정돈된 공간에 불과했다. 그중 첫 번째에 잘 채워진 플라스틱 선반이 놓여 있었다. 폴트는 가까이 다가가 선반 위의 뚫린 부분을 보았다. "이것은 쿠르츠바허의 지하실과 연결된 부분일 겁니다. 그에 관해서는 이미 이야기했지요."

"지하실 끝부분의 벽돌로 된 벽에 대해서도요?" 크라트키는 다시 자신의 손수건을 만졌다.

"물론 착각일 수도 있습니다. 그렇지만 그곳은 플로리안 스보보다의 지하실과 만날 겁니다."

남자들이 다가갔다. "여기 좀 봐!" 회계사가 마침내 틀린 것을 발견했을 때처럼 크라트키는 감정 없는 목소리로 말했다.

"정말!" 폴트는 흥분을 느꼈다. "여기 벽돌 몇 개가 허물어져 있군요!"

"스보보다 씨는 여기에 대해 할 말이 있겠죠. 안 그렇소?" 이제 크라트키는 시선을 위로 향했다. "그런데 위로 이어지는 이 구멍들은 뭐요?"

"이건 환기를 위해 지하실마다 있는 환기구입니다."

"이 구멍들을 통해 다른 지하 저장고들로부터 가스를 들어오게 할 수도 있을 것 같군요. 하안의 지하실 바로 옆에 있지 않은 곳에서도요, 안 그런가요?"

크라트키의 집요한 호기심은 폴트를 화나게 만들었다. "이론상으로는 그렇지요." 폴트는 자신을 변호했다. "그러나 난 그걸 믿을 수가 없군요. 무거운 돌로 덮인 지붕 옆으로 구멍이 조금 나 있을 뿐인데요. 게다가 포도밭 한가운데에서 가스를 다루려 하는 사람이 있었다면, 켈러가세의 사람들 중 누군가의 눈에 띄었을 겁니다. 밤이라도 말이지요."

"그걸 못 본 척했다면?"

불편한 침묵이 퍼져나갔다. 갑자기 폴트는 어떤 소리를 들었다. 그것은 아주 작은 목소리였다. 그는 지하실 문쪽을 보았다. 그러나 그곳에는 아무도 없었다.

"무슨 일이오?" 수사관이 물었다.

"어디선가 목소리가 들리는군요." 폴트가 속삭였다.

그들은 천천히 지하실을 지나 소리가 또렷해진 곳에

멈춰 섰다. 그리고 마침내 머리 높이의 벽에 구멍이 나 있는 것을 발견했다. "저기 있군요!" 폴트가 말했다. "신호를 보내볼까요?" 크라트키가 어깨를 으쓱했다.

폴트는 머리를 들고 들릴 수 있게 소리쳤다. "어이, 거기 그쪽에 누구요?" 그러고는 그는 긴장해서 귀를 기울였다. 그는 다시 한 번 외쳤다.

갑자기 목소리가 커졌을 때, 폴트는 "브룬너"라는 말을 똑똑히 들을 수 있었다.

"악마도 있어요!" 그가 말했다.

"악마는 내버려두시오." 크라트키가 감성적으로 대꾸했다. "우리는 지금 살인범을 찾고 있어요, 만약 살인범이 있다면 말이오."

"브룬너에게 가볼까요?" 폴트는 마지못해 제안했다.

"물론." 수사관은 이미 지하실 계단에 있었다. "여기 땅 밑도 금속 탐지기로 살펴보시오. 당신들도 알다시피, 말로만 듣던 그 보물이란 게 있을지 말이오." 그는 어깨 너머로 동료들에게 말했다. "나중에 다시 오겠소."

카를 브룬너의 지하실은 30미터 떨어져 있었다. 통로가 서로 연결되어 있는 것은 무슨 의미일까, 폴트는 생각했다. 상관없지 않은가, 브룬너와 하안은 서로 아무런 관련이 없는데, 조금도.

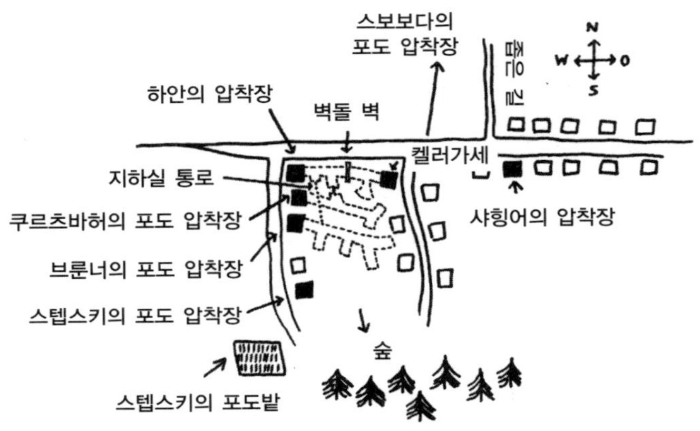


브룬도르프의 켈러가세와 지하실의 연결도

 

 카를 브룬너의 압착장은 브룬도르프의 켈러가세에서 가장 큰 압착장 중 하나였다. 돌로 만든 오래된 프레스를 아직도 사용하였다. 거대한 프레스의 들보, 문양을 새긴 물레, 100킬로그램의 돌. 포도를 수확할 무렵이면 태곳적에나 볼 수 있는 구경거리가 펼쳐졌다. 남자들이 지렛대 역할을 하는 '몽둥이'를 가지고 프레스의 들보를 한쪽에서 아래로 눌렀다. 돌과 물레가 프레스의 들보를 점차 풀어주면 다른 끝에서 눌려진 포도들이 프레스 양동이에 가득 담기게 되는 것이다. 포도가 발효하면서 따뜻해진 공기 속에 과일 향이 가득했다. 그 향이 너무도 진해서 신앙심 있는 사람을 당황하게 만들 정도였다. 시몬 폴트는 언제든 핑계를 생각해내서 잠시 그곳에 머무르며 거품을 내면서 양동이에 떨어지는 포도즙을 맛보았다. 그런데 지금은 답답한 기분으로 압착장에 들어섰다. 열린 지하실 문을 통해 많은 계단을 지나 아래로 내려가는 동안 그 친숙한 분위기도 그를 위로하지는 못했다.

지하실에서 카를 브룬너는 크리스티안 볼핑어와 함께 서 있었다. 그들은 말없이 방문객을 바라보았다. "이분은 주 경찰청 수사관 크라트키 씨요." 폴트의 설명이 어쩐지 미안해하는 듯이 들렸다. 두 사람의 와인 제조자도 자신의 이름을 말했고, 다시 침묵이 흘렀다. 문득 브룬너가 두 사람에게 마실 것을 권했다. 하지만 두 사람이 사양하는 바람에 다시 조용해졌다. 폴트는 근본적으로 상황이 달라졌음을 파악했다. 오랫동안 좋은 지인으로 항상 환대를 받던 지하실로 들어선 것이 아니라, 자신도 참아내야만 하는 성가신 공무원이 된 것이다.

"그러니까 하안 씨의 지하실로 통하는 연결 통로가 있다고요?" 마침내 크라트키가 물었다.

카를 브룬너가 와인 한 모금을 마셨다. "네, 있습니다."

"언제부터 알고 계셨지요?"

브룬너는 잠시 생각하더니 말했다. "몇 년 전부터요. 하안이 손님과 같이 있을 때 우연히 알게 되었어요."

"이 거리에서 지하실과 지하실을 연결하는 구멍이 필요한 사람이 누구일까요?"

"아무도 없어요." 브룬너는 그 주제에 대해서는 더 이상 할 말이 없는 듯했다.

크라트키는 폴트에게 묻는 듯한 시선을 던졌다. "말해 보세요, 브룬너 씨." 크라트키가 천천히 말을 시작했다. "2차 대전 때 탈영병들이 이곳 지하실에 몸을 숨겼지요. 아마도 그들이 일종의 전화처럼 쓰려고 구멍을 만들지 않았을까요?"

"그럴 수도 있어요."

폴트는 위장 부분이 눌리는 것을 느꼈다. "그럼 발효 가스는? 가스도 건너갈 수 있을까요?"

카를 브룬너는 잔을 비운 후, 작은 오크통 위에 놓았다. "아니오, 발효 가스는 건너갈 수 없어요. 제 지하실은 훨씬 깊은 곳에 있고, 통로는 심하게 위로 올라가 있거든요. 가스는 공기보다 무겁고요."

"카르본디옥시드, 저도 압니다." 크라트키가 말했다.

"카르본 뭐요?" 브룬너가 물었다.

"전문용어로, 발효 가스의 이름이 그렇습니다. 이제 갈까요?" 크라트키는 실망한 듯 폴트의 얼굴을 보았다. 폴트는 염려스러운 듯 고개를 끄덕이고 두 사람의 와인 제조자에게 유감스런 시선을 던지며 수사관을 뒤따랐다.

알베르트 하안의 지하실에서는 놀라운 일이 두 사람을 기다리고 있었다. 갓 파낸 구덩이 옆에 커다란 금속 상자가 있었다. "바로 그 보물이란 거군요." 폴트가 경외심을 갖고 말했다.

크라트키는 가볍게 구두 끝으로 금속 상자를 찔렀다.

"매우 날카로우시군요."

"그런데 상자는 잠겨 있지 않았어요. 조사는 끝났습니다. 내용물도 감식했습니다." 빈에서 온 수사관들 중 한 명이 말했다.

크라트키는 멈칫했다. "잠겨 있지 않았다? 이상하군. 하지만 훨씬 낫군요. 호기심을 불러일으키니 말이오." 그는 아래로 몸을 굽혀 뚜껑을 열고는 잠시 우물거리더니 편지봉투를 꺼냈다. "더 이상 할 일도 없군" 하고는 다시 끙끙 소리를 내면서 일어섰다. 그는 편지를 싸고 있던, 그러나 이미 찢겨진 비닐을 벗겨 내고 봉투를 자세히 관찰했다. 회계사 같은 얼굴에 웃음이 떠오르더니 시몬 폴트를 향했다. "당신에게 보내는 편지군요!"

"내게요? 그럴 리가."

"그렇다니까요. 재밌는 읽을거리가 생겼군요. 우리, 일단 위로 올라갑시다. 밝은 곳으로."

## 알베르트 하얀의 긴 그림자

"그럼 제가 읽을까요?" 폴트는 열린 압착장 문 앞에 서 있었다. 밖에는 비가 세차게 내리고 있었다.

"물론이죠. 그런데 그 편지를 우리도 볼 수 있을까요?" 그날 처음으로 크라트키는 거의 만족스런 표정을 지었다.

"그럼요." 폴트는 봉투에서 편지를 꺼내어 폈다. 잠시 말없이 편지를 읽고 난 그는 붉어진 얼굴로 중얼거렸다. "하얀답군." 그는 말없이 크라트키에게 편지를 건넸다.

"소리 내어 읽어도 될까요?" 그가 명랑하게 물었다.

"그러시죠." 폴트는 잠깐 어깨를 들썩이고는 비가 내리는 바깥을 흥미롭게 내다보았다.

"좋아요." 크라트키는 여전히 흥이 나 있는 듯했다. "날짜가 없군." 그러고는 읽어 내려갔다.

친애하는 폴트 씨, 먼저 당신의 혼란을 없애주고 싶군요. 혼란에 빠진 마을의 경찰들이 그다지 보기 좋지는 않을 테니까요, 그렇지요? 그러니까 당신이나 혹은 특별히 예리한 당신 동료들 중 누군가가 이 편지를 발견한다면 그때는 내게 무슨 일이 일어난 것입니다. 그리고 그것은 나 같은 종류의 사람들에게는 일어날 수 있는 일입니다. 그래서 나는 적당한 때 이 상자가 있는 구덩이가 드러날 수 있도록 했고, 그 일은 아마도 시몬 폴트 씨의 눈에도 띌 것입니다. 그리고 머리를 써야 하는데 손까지 써야 하는 수고로 경찰에게 과도한 부담이 가지 않도록 상자를 잠그지 않았어요. 학교에 다닐 때 읽기는 잘했으리라 생각됩니다만, 외래어는 피하겠습니다. 이 편지의 기본 전제는, 제가 자연사하리라고는 생각하지 않는다는 겁니다. 자신보다 더 영리한 사람이 있다는 것을 좋아하지 않는 바보들이 너무 많으니까요. 친애하는 경위님, 당신이 지금 범인을 찾느라 애를 먹고 있다고 믿기 때문에 당신을 실망시키지는 않겠습니다. 쿠르츠바허가 나를 죽였습니다. 그는 돈과 관련된 일에서 자신이 그렇게 순진하게 행동한 것을 참을 수 없었으니까요. 나는 그런 것을 바보 같은 정의감이라고 부릅니다. 범인은 샤힝어일 수도 있어요. 도둑질한 아들 일이 있었지요. 나는 성숙한 남자들 사이에 그런 도둑질을 어떻게 해결하는지를 아이에게 보여줌으로써 약간의 쾌감을 가졌었다고 인정합니다. 물론 당신은 젊은 하클을 범인이라 생각할 수 있습니다. 그의 동생은 그 당시에 진실을 말하는 것이 때로는 얼마나 곤란해지는 일인지 별로 생각하지 않더군요. 그렇지만 누구보다 사랑하는 제 아내를 용의자에 넣는 것도 잊지 마십시오. 아내는 부드러운 열정으로 나를 증오할 만한 이유가 충분히 있어요. 그리고 나는 끊임없이 그 증오가 더 강렬해지도록 애를 썼지요. 들었겠지만 내 친구들도 당신의 겸손한 결론에 넣을 생각을 해주십시오. 플로리안 스보보다는 거의 절망적인 열정으로 나를 사랑하고, 베르너 팔렌, 이 살아 있는 공학석사는 우리들 중 가장 학식이 있는 사람이지요. 자신의 학식 따위는 하찮게 여기는 사람을 해치기 위해 자신의 좋은 머리를 쓰지 말라는 법이라도 있을까요? 그리고 체코인 일꾼들의 이야기도 들어보세요. 그들은 여기 농부들에게 터무니없이 혹사당하거든요. 이런 아름다운 예술을 완벽하게 하는 것이 바로 내 일입니다. 우리의 존경하는 마을의 바보 바르틀 씨도 고려해볼 만합니다. 난 그에게 때로 천국을 보여주었거든요. 그 때문에 그 사람이 내가 지옥으로 가길 바랄 수도 있어요.

아마도 폴트 씨, 당신도 언젠가는 서장이 되어야 할 겁니다. 유별난 게으름이나 악명 높은 멍청함 때문에 승진에 지장이 있으면 안 될 테니까, 이건 스스로 생각해봐야 하는 것 아닌가요? 혹시 자신이 오래전부터 모든 것을 알고 있는 것은 아닌지, 가스로 인해 뿌예진 지하 저장고의 우정 때문에 아무것도 알아서는 안 된다고 스스로 믿고 있는 것은 아닌지를.

어찌 됐든 간에, 지금 정의를 위해 일하는 분들을 도울 수 있어서 영광입니다. 비록 아무런 소용이 없을지라도 말입니다. 경작지의 말들에게 날아다니는 것을 가르쳐주세요.

좋은 시간 되십시오, 경위님. 그리고 건배.

당신의 알베르트 하안

P.S. (아차, 제가 외래어를 사용했군요. 어렵지요, 경위님?) 물론 이 편지가 당신과 동료들을 잘못된 길로 이끌 수도 있습니다. 나를 믿겠습니까, 아니면……?

크라트키는 약지로 종이를 튕겼다. "맙소사, 이 사람을 살았을 때 알았다면."

"그건 바라지 않는 것이 좋습니다." 폴트가 말했다.

저녁 무렵 빈에서 온 수사관들, 시몬 폴트와 서장 하랄드 망크는 서장의 사무실에서 회의를 했다. 크라트키는 손가락으로 불안하게 종이 몇 장을 정리했다. "우리는 전체적으로 매우 늦었습니다. 그렇지 않아요?"

"여부가 있습니까?" 망크는 생각에 잠겨 고개를 끄덕였다. "하지만 폴트의 집 문에 붙어 있던 이 쪽지 외에는 뭔가 들어맞지 않는다는 구체적인 증거도 없어요."

"그렇지만 미심쩍은 점은 많아요."

"물론이죠." 폴트는 침울하게 말했다. 크라트키는 무의식적으로 자신의 넥타이를 풀었다.

"공의와 이야기했는데, 사인은 이산화탄소가 분명해요. 부검에서도 더 이상 진전이 없어요. 결국 이산화탄소가 우연히 지하실로 들어갔는지, 또는 누가 그렇게 만들었는지는 의문으로 남아요. 어리석게도 범인이 여자든 남자든 간에 하안이 죽은 날 또는 그 전날 어느 때인가에 그 일을 했으리라는 것입니다. 가스로 오염된 지하실이 다시 안전해지려면 얼마나 걸리지요? 제 말은 가스를 빼내지 않고 말입니다."

"그건 포도 재배자와 이야기를 해야 할 것 같은데요." 시몬 폴트는 턱을 긁었다. "분명 며칠 걸릴 것입니다. 가스의 농도와 지하실의 규모에 좌우될 겁니다."

"아주 좋아요." 크라트키는 비딱하게 웃었다. "여기 당신네들 마을의 상황은 정말 분명하군요. 하안의 편지를 근거로 생각해봅시다. 폴트 씨 당신도 거기에 언급된 사람들 중에 누군가 하안의 죽음에 책임이 있다고 생각합니까? 그러니까 범인이거나 사주한 사람, 또는 방조자든 뭐든 간에 말입니다."

폴트는 고개를 끄덕였다. "리스트는 물론 완전하지 않아요. 여기 이 근방의 사람들 거의 전부가 언제든지 간에 하안 씨와 문제가 있었고, 거의 대부분 고통스러운 일이었지요. 다른 한편으로는 아주 적은 수의 사람들만이 이런 일을 하거나 사주할 기회가 있다는 겁니다."

"좋아요, 훌륭해요." 크라트키는 서장에게 몸을 돌렸다. "이 모든 게 즐겁군요. 그렇지 않습니까? 어디에서든 아리아드네의 실* 같은 그런 실마리를 찾을 수 있지 않을까요?"

하랄드 망크가 그리스 신화에 대한 자신의 부족한 지

---

* 그리스 신화의 모티브, 어려운 문제를 푸는 실마리라는 뜻.

식 때문에 풀이 죽어 머뭇거리는 동안, 폴트의 동료 츨
라빙어가 문 안을 들여다보면서 말했다. "손님이 오셨어
요. 샤힝어 씨가 폴트와 이야기하고 싶대요. 자기가 쪽
지를 붙였다고 하는군요."

## 기묘한 친구들

"난 정말 알고 싶어요. 당신네들이 무슨 소용이 있는
지." 요셉 샤힝어가 자리에 앉기 전에 말했다.

"왜 그걸 알고 싶은 겁니까?" 폴트가 물었다.

샤힝어는 재빨리 자리에 앉아서 불안해진 검은 두 눈
으로 경위를 쳐다보았다. "8월의 뺑소니에 의한 사고사.
그 사건에 진전이 있는 겁니까? 부르크하임에서는 최근
마약을 하는 젊은이들이 있어요. 그에 대해 뭔가 조치를
취하고 있는 거요? 그리고 하안에 관해서 말인데, 밧줄로
스스로 목을 맨 노인, 무스바우어는 어떤가요? 그리고 자
신의 농장을 걱정하는 쿠르츠바허는? 또 내 아들은?"

폴트는 잠시 침묵했다. 그러고는 피곤한 듯 말했다.

“나도 더 잘하고 싶어요. 할 수 있는 일은 다 하고 있다고요.”

“그러니까 그다지 진전이 없다는 거군요.” 샤힝어는 거의 흥분해 있었다. “그런데 당신들은 하안이 뒈진 뒤로 너무 열심이더구먼.”

“그렇지 않아요.” 폴트는 상대방의 얼굴을 바라보았다. “어제까지도 공식적인 조사는 없었잖습니까.”

“그 대신 호기심은 많지요.”

“맞아요. 그럴 이유가 있긴 합니다, 그렇지 않아요? 게다가 샤힝어 씨, 당신이 와서 다행이에요. 그렇지 않아도 할 이야기가 있었거든요. 알베르트 하안이 죽던 날 당신은 켈러가세에 있었나요, 아니면 하루나 이틀 전에 거기에 있었나요?”

“내가 그를 해치웠는지 알고 싶은 건가요? 물론 나는 지하실에 있었소. 요즘은 한창 일이 많은 시기잖아요. 내 압착장은 켈러가세에서 꽤 아래쪽에 있어요. 그렇지만 쿠르츠바허와 할 말이 있어서 그의 지하실에 두 번 갔어요. 그러니 나를 체포해도 돼요, 경위.”

“바보 같으시군요.” 점차 폴트는 화가 났다. “샤힝어 씨, 당신은 지금 갑자기 문에 쪽지를 붙일 생각이 들었다고 말하는 것입니까?”

"물론. 이런 식으로 계속갈 수는 없기 때문에 당신과 이야기를 하려고 했어요. 그런데 쪽지 생각을 하게 된 거고. 휠렌바우어의 집 마당 문은 항상 열려 있으니까요."

"오늘 여기에 온 이유는요?"

"모르겠소? 물론 모르겠지요. 그렇지만 이젠 눈먼 사람도 알 거요, 지금 광대 짓이 시작되었다는 것을. 탐문과 심문 그런 것들 말이죠. 난 이 바보 같은 쪽지 때문에 아무나 거기에 끌어들이고 싶지 않았어요."

폴트가 숨을 깊이 들이쉬었다. "달리 이 말 외엔 할 수 있는 말이 없군요. 이보다 바보 같은 짓도 없을 겁니다."

"그럴지도 모르지요." 샤힝어의 불안감이 갑자기 사라졌다. "하지만 당신은 우리와 같으리라 생각했어요."

"우리가 누굽니까?"

"우리, 이곳에 일어나는 일을 염려하는 사람들이지요."

"나도 모든 일이 염려됩니다."

"그렇다면 이 일은 당신에게 다른 의미가 있겠지요."

폴트는 천천히 고개를 끄덕였다. "내 직업이니까요."

"그럼 이야기가 끝난 건가요, 경위님?" 요셉 샤힝어는 고집스럽게 물었다.

"네, 지금은."

농부는 말없이 일어서서 문으로 갔다가는 다시 돌아

섰다. "우리 아이의 상태가 다시 나빠졌어요. 아마 학교에도 보내지 못할 겁니다."

"불쌍한 녀석." 폴트는 피곤해서 눈을 비볐다.

"불쌍한 녀석." 샤힝어는 반복했고 뒤로 조용히 문을 닫았다. 몇 초 후 크라트키가 문을 열고 물었다. "저 사람은 무슨 일인가요?"

"자신의 시각에서 우리를 비난하더군요. 물론 부당한 것은 아니지만." 폴트는 천천히 일어서서 창 너머로 비가 오는 것을 바라보았다. 그리고 크라트키에게로 몸을 돌렸다. "내게 정보를 준 사람이 누구든 아무래도 상관이 없어요. 그건 어쨌건 마을의 분위기를 전해주는 것이니까. 모두들 알베르트 하안이 죽은 것을 기뻐하고, 정말 누군가 그걸 도운 듯하지만 그게 누구인지는 아무도 관심이 없어요. 우리도 마찬가지고요."

"난 생각이 다른데요." 크라트키 수사관이 말했다.

"사실 나도요." 폴트가 말했다. "하여간 말입니다. 사람들을 다루기가 쉽지 않습니다."

불쾌한 전화의 전자음이 폴트의 말을 중단시켰다.

"당신 전화야!" 동료가 폴트에게 말했다. "하안의 어머니야."

그녀의 목소리는 폴트가 장례식에서 보았던 그 모습과

딱 맞아떨어졌다. 심란하지만 단호했다.

"상황이 허락한다면 한번 이야기를 하고 싶은데요, 경위님. 제 며느리의 집에 오실 수 있을까요? 제가 요즘 몸이 좋지 않습니다. 저를 도와주시겠지요."

폴트는 함께 듣고 있던 크라트키에게 묻는 듯 시선을 던졌고, 그가 고개를 끄덕이자 말했다. "좋습니다. 하안 부인, 괜찮으시다면 20분 후에 댁으로 가겠습니다."

"일을 시작하죠." 크라트키는 시계를 보았다. "이 기회에 죽은 자의 아내와도 이야기를 하시오. 망크 서장과 나는 그동안 어떻게 일을 진행할지 리스트를 작성하지요. 난 빈으로 일찍 돌아갈수록 더 좋아요. 그곳에서도 스보보다와 팔렌에 관해 조사할 것이 있으니까. 그럼 내일 봅시다."

"네, 내일 봅시다." 폴트는 손을 들어 인사를 했다.


하안의 어머니는 1층의 방에서 지내고 있었는데, 그 방은 그 집의 다른 곳과는 눈에 띄게 대조적이었다. 옛날 스타일의 공간으로 기품 있는 편안함을 주었다.

"난 여기가 좋아요." 노부인이 경위가 놀라는 것을 보고 말했다. "내 아들은 끔찍한 놈이었어요. 그것은 내가 살아생전에도 바꿀 수 없었습니다. 비록 신께 기도를 드려보았지만 말입니다. 그러나 내게 일말의 애정은 남아 있었는지, 아들은 빈에 정말 예쁘고 조용한 집을 마련해 주었고 여기 브룬도르프 집에도 방을 꾸며주었어요. 아마도 그르느라 사람들을 속이고 이용했겠지요. 난 지금 여든다섯 살이고, 경위님, 모든 것을 알아야만 하지 않아도 되는 사치를 누리고 있어요. 이렇게 와주셔서 감사해요." 그녀는 등이 높은 가죽 안락의자를 권했다.

폴트는 조심스럽게 자리에 앉았다. 그가 무슨 말을 하기도 전에 노부인이 말을 이었다. "이제 공식적으로 수사가 시작되겠지요. 그래서 제가 경위님에게 도움이 될 만한 것을 모두 설명하는 것이 좋으리라 생각했습니다. 우선은 난 그것이 살인이라고 확신합니다. 알베르트가 범행을 자극했을 겁니다. 그것도 몇 번이나. 아들은 그것을 즐기는 듯 보였어요."

"그에게 친구가 있었나요?" 폴트는 존경심을 갖고 작은 체구의 상대방을 관찰했다.

"그 질문에는 대답할 수가 없네요. 만약 친구가 있었다면 플로리안 스보보다와 공학석사 팔렌이겠지요. 그렇지만 어떤 점에서는 오락거리에 도움이 되었기에 그들과 가까이한 것 같아요. 하여간 세 사람은 같이 학교를 다녔어요. 팔렌은 나중에 대학에 갔고, 스보보다는 고등학교 졸업시험에 합격하고 나서 일단은 꽤 의심스러운 자산관리 일을 맡았어요. 일간지 광고부에 채용되어서 구원받기 전까지 말입니다. 알베르트는 점차 성공을 거두었어요, 그 애의 말을 빌리자면 말이죠. 아들은 다른 사람의 약점과 무지를 이용해서 돈을 버는 끔찍한 재주를 지녔어요. 그래도 세 사람은 계속 왕래를 하더군요. 비록 내 아들이 계속해서 공학석사 팔렌에게 대학만 나온 별것 아닌 인간이라고 조롱하고 플로리안 스보보다에게 경멸을 느꼈지만요. 살인의 동기가 되지요……. 공학석사 팔렌이? 난 모르겠어요. 스보보다가? 난 정말 믿을 수 없어요. 그는 알베르트에게는 광대 같은 존재였어요. 그렇지만 광대도 착각이 아니라면 꽤 보수가 좋은 자리였어요. 어느 누가 자신을 돌봐주는 사람을 죽이겠어요?"

폴트는 생각에 잠겨 고개를 끄덕였다. "우리는 아드님의 결혼 생활에 관해 조금 알고 있습니다. 세세히 말씀드려 부인을 괴롭히고 싶지는 않습니다……."

"그레테가 알베르트의 죽음과 관계가 있는지 알고 싶으신 거지요?" 노부인은 웃으며 자신의 손을 뚫어지게 들여다보았다. "그렇다면 누군가에게 사주를 해야만 했을 겁니다. 농부들과는 아무런 왕래가 없었고, 그러니 플로리안 스보보다가 남는군요. 그 사람과 제 며느리 사이에는 뭔가 있었어요. 난 서로 관계를 맺었다거나 맺고 있다고 생각하지는 않아요. 꽤 이상하지요, 네? 그렇지만 두 사람을 연결하는 뭔가가 있어요. 뭐라 말해야 할지, 매우 사적인 일이요. 그럼에도 그레테는 남편에게 무슨 짓을 하지는 않았을 겁니다. 그레테는 더 이상 힘이 없어요. 아들이 어렸을 때 천천히 체계적으로 파리의 날개와 다리들을 떼어내며 놀았던 것처럼, 천천히 즐기면서 며느리의 힘을 빼앗아 갔어요."

"그건 잘못 안 것일 수도 있어요!" 폴트가 그 말을 하는 동안 그와 노부인 사이에 있던 어색함 대신 친숙한 분위기가 생겨나는 것을 느꼈다.

"그레테가 당신 앞에서 아마 뭔가 가장을 했나 보군요. 수사관님, 그러나 내게는 아닙니다. 다른 것은 차치하고라도 나 자신도 의심받을 만합니다. 그렇지만 어머니가 다 큰 아들을 죽이거나 죽게 사주하는 일은 드물지요. 반면에, 나는 때로는 아주 간단히 해치워야 하는 일에 대해서는 꽤 극단적으로 생각한답니다."

"그래서요?"

"당시 그레테가 심하게 다쳤을 때 그 자리에 있었더라면 나는 할 수 있는 모든 수단을 동원해서 관여를 하고 아들의 죽음도 감수했을 겁니다. 그렇지만 그렇게 쉽게 재판관 역할을 하는 것은 주제넘은 일이겠지요?”

“댁의 며느리와 이야기를 해봐도 될까요? 이왕 제가 여기 왔으니 말입니다.” 폴트는 대답을 하는 대신 물었다.

“그러시죠. 그레테는 부엌에 있을 겁니다. 그곳이 제일 마음 편하다나요. 부엌이 어딘지는 아시지요?”

“네, 압니다. 그리고 도움에 감사드립니다.” 시몬 폴트가 조심스럽게 악수를 청하자 하얀 부인은 작은 손으로 놀랍게도 빨리 응했다. 그러고 나서 그는 몇 걸음 마당을 가로질러 부엌문을 두들겼다.

그레테 하얀은 문을 열고 말했다. “기다렸습니다, 경위님. 여기 앉으세요.”

“감사합니다.” 폴트는 잠시 앞을 바라보았다. 그리고 장황하게 말을 시작했다. “아시겠지만, 우리는 지금 부군의 죽음에 관해 정확한 조사를 해야만 합니다.”

하얀 부인은 부엌의 긴 의자에 놓여 있던 신문들을 옆으로 밀고 앉아서 질문하듯 폴트의 얼굴을 바라보는 것으로 대답을 대신했다.

“저는 당신의 시어머니와 공학석사 팔렌, 스보보다 씨에 관해 이야기를 나누었습니다. 그분들은 돌아가신 부군의 친구이지요?”

"친구요? 그렇게 생각할 수도 있겠네요. 남편은 대학물 먹은 모든 사람들에 대한 반감을 팔렌에게 해소했지요. 스보보다는 돈만 주면 뭐든 시키는 대로 하는 꼭두각시였고요."

"그분들은 여기 이 집에 자주 왔었나요?"

"그건 경위님이 이미 알고 있을 텐데요."

"그냥 주워들은 것뿐입니다."

"아, 네. 경위님은 더 정확한 것을 알고 싶으시군요. 제 남편은 술을 진탕 마시고 한껏 즐겼지요. 물론 다른 사람들의 돈으로 말입니다."

"그리고 바르틀이란 사람은요?"

"비극적인 주연을 맡곤 했지요."

"당신은 그, 말하자면 부군의 지인들과는 어떤 관계였습니까?"

폴트는 익히 알고 있는 그레테 하안의 웃음소리를 들었다. 그 소리는 지금도 그를 혼란스럽게 만들었다.

"그것은 얼마나 취했느냐에 달렸어요." 어조를 바꾸지 않고 그녀가 말했다. "꼭 필요한 것이 아니라면 자세히 말씀드리고 싶지 않군요."

"그러시죠." 폴트는 당황했다. "일단은 필요 없습니다. 다만 질문이 한 가지 더 있습니다. 당신의 개는 어떻게 된 거죠?”

“개요? 개가 어때서요? 아, 제가 개를 때리는 것을 보셨군요.” 그녀는 다시 웃었다. “제 남편은 제게 사납게 굴도록 개를 길들였습니다. 한마디 명령만 내리면 제게 달려들도록요. 알베르트는 여러 번 그것을 시험했고, 최후 순간에 휘파람을 불어 그 사랑스런 동물을 다시 불러들였어요. 전 지금 그 망할 놈에게 새로운 명령을 가르치는 중입니다.”

폴트는 잠시 입을 다물었다가, “이렇게 솔직하게 말씀해주신 것을 높이 평가합니다”라고 말했다.

“솔직하다고요? 그렇게 생각할 수도 있겠네요.” 그레테 하안은 의미심장하게 웃었다. “다시 뵙겠지요. 그렇게 생각됩니다만.”

## 광대들의 저녁 연회

"우선 패배를 인정합시다." 주 경찰청 수사관 크라트키는 자신의 노트를 책상 위로 던졌다. "죄송합니다." 그는 무의식중에 움찔하는 시몬 폴트에게 말했다. "또 성미가 폭발했군요. 2, 3년마다 한 번쯤 이런 일이 있어요. 그런데 진짜로, 스보보다 씨 저장고의 허물어진 벽돌 문제가 진전을 보이지 않는다면 우리는 짐을 싸야 할 것 같소."

"아, 네." 폴트는 자신의 메모지를 뒤적였다. "지난 이틀 동안 사건의 구체적인 윤곽이 잡혔는데요."

"윤곽이라." 크라트키는 이번에는 자신의 깨끗한 하얀 손수건을 펴서 기분 나쁜 듯 들여다보고 다시 접었다.

"모든 용의자들은 대충 하안이 죽기 전 그 시각에 켈러 가세에 있었어요. 쿠르츠바허, 브룬너, 샤힝어, 아마 스보보다와 건축가도. 오토바이를 타고 달려온 마이크 하클의 무리들도 우리가 들은 바대로 알베르트 하안을 데려가기 위해 그곳에 있었어요. 그리고 이곳에서 얼쩡거렸다는 몇 명의 체코인들에 관한 말도 들었을 거요. 그 외에는? 아무런 새로운 실마리도, 어떤 미심쩍은 점도 없어요. 그리고 이제 유명해진 문 앞의 쪽지는 진부한 설명을 해줄 뿐이죠."

폴트는 그 말에 고개를 끄덕였다. "제 말은 현재 가장 큰 소득은, 하안, 스보보다와 팔렌 사이의 기묘한 관계를 알아냈다는 것입니다."

"아주 좋아요." 크라트키는 벌떡 일어섰다. "그게 핵심이오. 난 이곳에서 현재 아무것도 실패한 게 없다고 생각해요. 친애하는 동료, 폴트 씨. 당신은 멍청하지도 않고 이곳 사람들을 잘 파악하고 있어요. 일단 당신이 옳다고 생각하는 대로 하시오. 나는 빈에서 기묘한 두 친구의 흔적을 추적하겠소. 뭔가 새로운 게 밝혀지면 전화를 드리지요."

폴트는 예기치 못한 칭찬으로 안절부절못하며 말했다. "그러시지요."

크라트키가 가자마자, 경위는 이내 홀가분해졌다. 그는 사무실의 창문을 열고 습기 많은 차가운 가을 공기를 만끽했다. 안개 속에서 사물의 윤곽이 흐릿해지고, 남자들만의 지하 세계에서는 아늑하게 불을 지피는 이 계절을 그는 좋아했다. 그러나 앞으로 그런 아늑함은 없을 것이다.

그는 발소리를 듣고 몸을 돌렸다. 하랄드 망크가 사무실로 들어왔다. "친애하는 경위." 그는 명랑하게 말했다. "지금부터 자네는 켈러가세로 가야겠네."

"하필 지금 전 그럴 기분이 전혀 나지 않는데요." 폴트가 내뱉었다. "제가 브루노 바르틀을 찾아내는 것에 동의하시는지요? 그는 아직 우리 리스트에는 없지만."

"좋아."

그제야 폴트는 일을 하기 싫어하는 묘한 그 남자가 벌써 며칠째 보이지 않는다는 사실이 떠올랐다. 아마 그는 몸이 아프거나 또는 두려움으로, 아니면 어떤 이유에서건 포도밭 오두막에 웅크리고 있을 것이다.

폴트는 집으로 가서 자전거를 가지고 나왔다. 차보다는 어쩐지 그것이 더 적합해 보였기 때문이다. 브룬도르프의 켈러가세에 도착해서 경위는 자전거를 카를 브룬너의 지하실 앞 호두나무에 기대어 놓고, 가방에서 와인 병을 꺼내 들고 계속 걸어갔다. 앙상한 포도 종묘만 이어지는 300미터가량의 길을 걸었다. 지난번에 내린 비가 대지를 충분히 적셨고 기름진 황토가 검게 빛이 났다. 걸을 때마다 구둣발이 빠지는 바람에 매번 힘들게 빠져나왔다. 폴트는 그것을 전혀 의식하지 못했다. 그는 희미한 어둠 속에서 아주 작은 오두막이 점차 분명해지는 것을 보았다. 그리고 자신을 기다리고 있을 것에 대해 생각했다. 목적지에 도착했다. 그는 젖은 채 갈라진 나무문을 두드렸다. 자물쇠는 없었지만 문은 안에서 잠겨 있었다. 다시 문을 두드리고 나무문에 귀를 갖다 대었다. 아무런 소리도 들리지 않았다. 폴트는 겁이 났지만, 할 수 있는 한 세차게 문을 두드렸다. 아무 기척이 없었다. 그러자 그는 약간 물러나서 힘차게 어깨로 얇은 널빤지를 밀었다. 짧게 부서지는 소리가 들리면서 문이 열렸다. 재빨리 들어간 그는 매트리스 더미 위에 지저분한 뭔가가 누워 있는 것을 보았다. 미동조차 하지 않는 듯했지만 곧 그 덩어리가 움직이기 시작했다. 바르틀이 머리를 들고 말했다. "할렐루야."

"아무 이상 없어?" 폴트가 급히 물었다.

"괜찮냐고요? 천국은 괜찮지 않아요. 그곳은 천사들이 노래하지요." 바르틀이 일어나 앉았다. 그의 잿빛 얼굴에는 수염이 덥수룩했고 충혈된 눈은 아이처럼 밝게 빛났다.

"하안 씨도 같이 노래하나?" 폴트는 천천히 다가갔다.

"아니, 아니요." 바르틀은 가르침을 주려는 듯 믿기지 않을 정도로 더러운 검지를 치켜들었다. "그는 박자를 맞추고 있어요. 박자를 맞추고, 또 박자를 맞춰요."

폴트는 아무 말도 하지 않고 주위를 둘러보았다. 바르틀의 거처에는 매트리스 더미 말고는 눈에 띄는 가구들은 없었다. 반쯤 벗은 여자의 공허한 시선과 커다란 가슴이 보이는 곳을 제외한 나머지 벽들은 신문으로 도배되어 있었다. 작은 선반도 있었는데, 그 위에는 지저분한 와인 잔과 찌그러진 알루미늄 잔이 있었다. 공기 중에는 썩은 냄새, 땀, 소변 냄새가 약하게 났다.

점차 폴트의 눈은 어둠에 익숙해졌고 침대 옆 구석에 놓인 작은 라디오가 보였다. "전기도 없이 저게 어떻게 작동하지?" 폴트가 물으며 그에게로 다가갔다.

"좀 조용히." 바르틀이 속삭였다.

"자네 배고픈가? 뭘 좀 갖다 줄까?"

바르틀이 말없이 고개를 저었다.

"아니면 목이 마른가?" 폴트가 자신의 와인 병을 보여주었다. 다음 순간 손에서 병이 낚아채졌다.

바르틀은 성급하게 매트리스 밑에서 와인 병 오프너를 꺼내 병을 열고는 입에 대었다가 한참 후에야 내려놓았다. 그는 깊이 숨을 들이쉬더니 머릴 흔들고 눈을 비볐다. 그의 얼굴은 점차 폴트가 잘 아는 그 표정으로 되돌아왔다. 그리고 그 표정 속에서 놀라움을 읽을 수 있었다.

"여기서 뭘 하는 겁니까, 경위님?"

"물어볼 것이 있어서."

"제가 답을 모르면요?"

"어쩔 수 없는 거지. 그건 그다지 중요하지 않아. 자네가 하안 씨 집에 있었을 때는 어땠는가?"

"제가 그곳에 갔었나요?" 바르틀은 생각하면서 물었다.

"물론, 밤새도록 거기 있었지. 누군가 자네를 집에 데려다 주지 않았나, 아닌가?"

바르틀은 와인을 잔뜩 들이켜고, "전 손님으로 초대받았을 뿐이에요"라고 형식적으로 대답했다.

"그리고?"

"제 노란 암소들을 춤추게 하고, 아이들과 처녀들을 잡아먹는 불강아지에 대해 이야기했지요. 알루미늄 잔의 벌거벗은 요정들에 관해서도요."

"자네에게 술을 주던가?"

"술이요? 계속 주었죠. 제가 나가떨어져서 불을 내뿜는 천사들과 1미터나 되는 혀를 가진 성령이신 사랑하는 주님이 계신 하늘로 갈 때까지 말입니다."

"그럼 다른 사람들은?"

"웃기만 했어요. 얼마나 웃던지." 바르틀은 소리 내어 그 웃음을 흉내 냈다. 그런데 웃음소리가 점점 커지더니 갑자기 그의 뺨에 눈물이 흘러내려 부스럼 딱지에 하얀 흔적이 남았다. 마침내 웃음은 큰 흐느낌으로 변했다.

폴트는 등에 서늘함이 느껴졌다. "좋아." 그는 다정하게 말하며 바르틀의 어깨를 잡았다. 그러자 바르틀은 성이 나서 믿을 수 없을 정도로 세찬 동작으로 폴트의 손을 잡아 힘껏 물었다. 상처에서 피가 났다. 폴트는 소리를 질렀다. 그러고는 고통을 악물고 말했다. "불쌍한 놈." 폴트는 손수건으로 상처를 누르면서 가버렸다.

그는 지름길로 브룬도르프로 가서 그레테 하안을 방문했다. "부군의 저녁 연회에 관해 좀 더 말씀해주시기 바랍니다."

하안 부인은 그 말을 제대로 듣지 않았다. "그 손은 어떻게 된 겁니까? 좀 봐요, 맙소사, 물린 건가요?"

"네, 바르틀이." 폴트는 히죽 웃지 않을 수 없었다.

"웃을 필요는 없어요." 그레테 하안은 부엌에서 달려 나가 요오드 병과 반창고를 가지고 왔다. "곧 끝날 거예요."

하안 부인은 경위의 손을 치료한 후 앉아서 폴트의 얼굴을 쳐다보았다. 그리고 잠시 생각하더니 이야기를 시작했다. "어찌 된 일인지 제 남편은 소위 친구라는 사람들을 손아귀에 쥐고 있었어요. 그들은 아무런 이의를 달지 않고 초대에 응했고, 남편이 권하는 술을 마셨어요. 이미 충분히 마셨더라도 말입니다. 바르틀은 달랐어요. 그는 만취했는데, 그게 그 사람에게는 최선의 행복이었고, 다른 사람들은 자신보다 더 취한 사람이 있다는 것을 즐겼지요. 누구도 더 이상 말을 할 수 없을 정도가 되기 직전까지, 물론 제 남편은 제외하고 말입니다. 남편은 한껏 재미를 보려고 손님들에게 역할극을 강요했어요. 예를 들어 통상 그런 날 저녁에 아내는 없잖아요. 스보보다는 아내 역할을 하고, 부부관계에서 불만스러웠던 경험담을 이야기해야 했어요. 그가 분명하게 묘사하지 못하는 더럽고 난감하고 세세한 대목에서는 와인 한잔을, 그렇지만 마시라고 주는 것이 아니라 그걸 얼굴에 끼얹었어요. 공학석사 팔렌은 자주 마을의 얼간이 역을 맡았지요. 그는 집을 어떻게 짓는지 설명해야 했어요. 충분히 멍청하게 표현하지 못한 문장마다 벌거숭이가 될 때까지 옷을 하나씩 벗어야 했어요. 그리고 적당한 때가 되면 바르틀이 떠들썩하게 등장했지요. 그는 자신의 혼란스러운 세계에 관해 이야기했고, 모두들 웃어댔어요. 그러고 나서 나중에 더 이상 몸을 가누지 못할 지경이 되면 동지애라는 이름의 놀이를 했어요. 그들은 바르틀을 힘겹게 일으켜 세워 등을 세차게 쳤고, 바르틀은 몇 걸음 도망치다가 비틀거렸지요. 바르틀이 정말 그로테스크하게 고꾸라지면 그들은 환호성을 질렀어요. 남편은 이 자세를 전쟁 기념비라고 불렀어요. 그리고 그 앞으로 다가가 조롱하면서 전사자의 영웅적인 운명에 대해 장황하게 연설을 했지요. 그게 다가 아니에요.”

“그걸로 충분한 것 같군요.” 시몬 폴트는 재빨리 인사를 했다. 하안의 손님들은 만취해서 쓰러지거나 게워내기도 했을 테고, 다음 날 비참한 상태로 깨어나서 명쾌한 생각을 하기란 거의 불가능했을 것이고, 견딜 수 없을 정도로 지저분한 상태였을 거라는 생각을 했다. 폴트는 부르크하임으로 가는 길에 서둘러 음식점에 들러 피난처를 찾았다. 그는 커다란 잔의 생수를 주문하고는 그것을 단숨에 들이켰다.

## 와인의 질주

　시몬 폴트는 여러 날째 기분 좋게 휴식을 취하며 다시
긴장을 풀었다. 그는 슈텔처의 음식점에서 성스럽기까
지 한 맛있는 거위 요리 마티니간스를 만족스럽게 먹었
다. 그리고 지금은 프리드리히 쿠르츠바허의 집 맞은편
에 앉아서 소화를 시키고 있었다. 밖은 어두워지고 있었
다. 4시경인데, 이미 흐릿한 11월의 해가 저물어가고 있
었다.

　"정말 좋지, 안 그래?" 폴트의 친구는 기분 좋게 두 다
리를 탁자 아래 뻗고 가득 채운 와인 잔을 손으로 돌렸
다. "난 전반적으로 항상 좋았어. 집에 돈이 없다는 것
말고는."

폴트가 천천히 고개를 끄덕였다. "자네 아이들은 뭘 하나?"

"게르다는 빈으로 시집을 갔어. 자네도 알지. 두 딸 모두 큰 차가 있으니, 더 이상 좋을 수 없네. 아들 에리히는 브란덴펠트에 있는 보험회사에 다녀. 아들은 농사일에는 관심이 없대."

"그럼 자네가 죽으면, 농가와 포도 압착장은 어떻게 되는 건가, 프리드리히?"

"아이들이 팔겠지. 그럼 모두들 조금씩 물려받을 수 있을 테니까."

'죽어가는 경작지가 하나 더 느는군.' 폴트는 서글퍼졌지만 곧 주제를 바꾸었다. "별실에는 무슨 일이 있는가?"

"축구동호회가 총회를 갖는다는군."

"그렇군." 폴트가 말했다. "이번에도 날 부르지 않았군. 나도 회원인데 말이야."

"자네는 빠뜨리기 쉽지." 쿠르츠바허의 말에 가시가 있었다.

"자넨 갓난아기 때도 눈에 잘 띄지 않았어." 옆 탁자에서 공의가 하는 말이 들렸다. "통통하고 꽤 못생긴 것 외에는 별다른 특징이 없었어."

"나이 든 분들의 기억력이 흐려지는 것을 여기서도 보

는군요.” 폴트가 기분 좋게 말했다.

의사 선생님은 고개를 끄덕이고는, 보통 때 하루에 팔분의 삼 또는 사, 아니 최대한 오 이상은 마시면 안 된다고 말하면서 만성병에 시달리는 농부들의 주장을 꺾을 때 하는 교묘한 웃음을 지었다. 그리고 그는 부엌 입구의 옆 마당과 별실로 향하는 문쪽을 쳐다보았다. 브룬도르프 축구클럽의 임원들이 들어왔기 때문이다. 그들은 임원의 권한으로 내린 중요한 결정에 대한 감동을 간직한 채, 지금껏 형식을 갖추어 논의하던 것을 술을 마시면서 편안하게 이야기하기 위해 술집으로 가곤 했다.

카를 브룬너와 크리스티안 볼핑어는 폴트와 쿠르츠바허의 테이블에 앉았고, 요셉 샤힝어는 경위에게 흘낏 시선을 던지고는 공의 옆에 앉았다.

“그래서?” 폴트가 물었다. “새 회장은 정해졌나?”

“왜요?” 샤힝어는 불안하게 맥주잔의 뚜껑을 만지작거렸다. “우리 회장은 해가 갈수록 좋아지는데.”

“그래, 그 베르거 에드문트! 그 사람은 때로는 잘못 보관된 레드와인이 엉터리 효력을 나타내는 것처럼 보이지.” 의사는 걸쭉한 블라우부르거*를 한 모금 들이켰다.

---


● 오스트리아 레드와인 품종 중의 하나.

이제는 샤힝어도 웃었다. "그런 말씀은 크게 하셔도 됩니다. 그런데 올해 산 슈타우비거*를 맛보셨나요, 선생님?"

"아니 아직. 창피한 일이지. 그렇지만 자네들을 진료하느라 술 마실 짬이 나지 않아."

"그럼 제 지하실에 오시지요." 샤힝어가 거의 열정적으로 말했다. "오늘이 성 마틴 절이니만큼."

"오늘?" 의사가 생각을 했다. "혹시 지금 당장? 그건 정말 불가능한데. 하여간 그렇게 간단하지가 않아. 샤힝어, 난 우선…… 아니, 좋아. 자네가 나를 설득했네."

"정말 설득하기가 힘드네요." 크리스티안 볼핑어의 목소리가 옆 테이블에서 들려왔다.

샤힝어가 일어섰다. "누군가 했더니 사냥꾼이군. 그런 멍청한 말을 한 놈도 같이 가!" 그리고 그는 모두를 가리키는 몸짓을 했다. "멍청하게 들여다보는 사람들도 다 같이."

시몬 폴트는 자신의 와인 잔을 뚫어지게 들여다보고 있다가 누군가 말을 걸어와 깜짝 놀랐다. "혹시 경위님 같은 분이 우리와 같이 술을 마실지는 모르겠군요. 그렇

---

* 발효가 끝나고 필터링을 하지 않은 와인.

지만 원하신다면 같이 합시다. 주의 이름으로."

남자들이 요셉 샤힝어의 압착장까지 가는 데는 10분
정도 걸렸다. 물론 각자 자신의 차를 타고 갔고, 폴트 경
위만 프리드리히 쿠르츠바허에게 태워달라고 부탁했다.
나이 든 포도 재배자들은 부자들만 차를 굴릴 수 있었던
시기를 즐겨 회상했다. 지금은 모두들 각자 차 한 대씩
가지고 있었고, 이런 멋진 자유를 포기할 생각은 추호도
없었다. 몇 주 전에는 지역신문의 독자 편지 난에 소방
서장이 화가 나서 항의하는 내용이 실렸다. 젊고 분명
경험 없는 경찰관 하나가 경기장에서 축제가 끝난 후 한
밤중에 차를 타고 집으로 가는 자신을 차로 막고는 뻔뻔
하게도 몇백 미터를 상쾌하게 걸어가라고 했다는 것이
다. 나이 든 사람들은 술을 마신 경우 천천히 운전했지
만, 그것도 도움이 되지는 못했다. 믿기 어렵지만 최근
에 어떤 포도 재배자가 하필 대낮에 트랙터로 부르크하
임의 주유소에서 주유기 세 개를 가차 없이 밀어버린 것
이다.

이미 압착장 문을 연 샤힝어는 어둠 속에서도 당연하
다는 듯 자신 있게 스위치를 찾았다. 그는 말없이 벽 선
반 위에 있는 비스듬하게 위로 튀어나온 널빤지에서 작
은 잔 몇 개를 가져와서 흐르는 물에 씻었다. 그러고는

솜과 와인 사이펀을 가지고 지하실 문으로 가서 다른 사람들에게 자신을 따르라고 고갯짓을 했다.

시몬 폴트가 그곳에 간 것은 처음이었다. 그는 점점 놀라움을 금치 못하며 주위를 둘러보았다. 똑바로 또는 완만하게 석회질 지층 안으로 구부러지는 것이 아니라, 이 지하 통로는 얇은 층들 사이에서 가파르게 점점 더 깊어지더니, 마침내 원래의 동굴에서 끝이 났다. 그 동굴에는 간신히 탁자 하나와 의자 몇 개를 놓을 만한 자리만 있을 뿐이었다.

"자." 이 지하 세계의 주인은 자신의 왕국에 모인 사람들을 보고 만족해서 말했다. "이제 준비가 다 되었어요."

잠시 후 섬세한 섬유질에 의해서 약간 뿌예지긴 했지만, 거의 투명한 그뤼너 벨틴이 잔에 담겼다. 남자들은 건배를 했다. 오랜 관습에 따라 성 마틴 절 첫날에만 건배가 허용되었다. 그들은 말없이 맛을 보았다. 두 번째 모금에 아이히호른 박사는 음미하듯 멜랑콜리한 신음 소리를 냈다. "환상적이야. 정말 안타깝군. 이 향취 가득한 자연 그대로의 녀석이 필터링만 하면 온순한 모범생이 되어버리다니."

"다른 방도가 없어요." 요셉 샤힝어가 말하며 시음을 위해 몸을 돌아앉았다. 그러고는 족히 1시간쯤 지난 후 그는 와인 사이펀을 한쪽으로 치워 놓더니 옆 통로의 어둠 속으로 사라졌다가 곧 레드와인 한 병을 가지고 왔다. 그것은 분명 지하실에 있은 지 오래된 것이었다. "이 녀석은 열 살이에요. 처음에는 너무나 조화롭지 못해서 뭔가가 될 거라고는 믿지 않았던 녀석이지요. 친애하는 여러분, 나의 사랑하는 경위님." 그는 코르크를 빼내고 그것을 코에 대고 만족해서 고개를 끄덕였다. 그런 다음 찌꺼기가 나오지 않도록 조심스럽게 따랐다. "그럼, 점잖은 사람들과 경위님을 위해 점잖은 와인으로 건배를 하지요."

폴트가 맛을 보았을 때, 그는 이 무거운 맛의 와인이 지닌 강력한 깊이와 짜릿한 하모니에 경악했다. "천사의 노래가 들리는군." 음미하는 침묵이 흐른 뒤 아이히호른 박사가 말했다. "그리고 악마의 웃음소리도 들리는군." 샤힝어가 덧붙였다. 그는 다시 잔을 채웠다. "이렇게 나가다간……." 크리스티안 볼핑어가 말했다. "오늘 엉망진창으로 취해서 집에 가겠는걸." 프리드리히 쿠르츠바허는 고개를 끄덕였다. "자네만 그런 게 아냐."

시몬 폴트는 점차 흐릿해지면서 가닥을 잃고 희미해지는 것을 느꼈다. 그렇지만 생각은 가볍고 예리해졌다. 우선 그는 저항할 마음이 별로 없었다. 은은한 불빛이 있는 이런 작은 지하 세계를 온전히 경험하는 기회를 놓치고 싶지 않았기 때문이다.

요셉 샤힝어는 두 번째 병을 땄고, 나중에는 세 번째 병도 열었다. 폴트는 그가 시간 내내 한 번도 다른 사람 곁에 앉지 않았다는 것을 깨달았다. 그는 지하 공간에서 다리를 벌리고 서서 손님들을 관찰하고 있었다. "여기 아래에는……." 그가 혼잣말로 하듯 말했다. "단지 와인만 중요해요. 망할 놈의 세상은 아무래도 좋아요."

오랫동안 침묵하던 카를 브룬너가 쳐다보았다. "그렇지만 다음 날에는 모든 게 그대로잖아. 두 배는 더 크고 세 배는 더 힘들게."

아이히호른 박사는 생각에 잠겨 그를 건너다보았다. 그러나 말은 하지 않았다. 크리스티안 볼핑어가 탁자를 주먹으로 치자 모두들 깜짝 놀랐다. "누가 우리 인생을 힘들게 합니까? 하안처럼 범죄자죠! 여러분에게 말하는데, 그런 나쁜 인간은 나쁜 와인과 같아요. 그것은 없어져야 해요, 제기랄."

"우리 경위님은 아마 반대 의견일걸." 요셉 샤힝어가 조용히 말했다.

꽤 취한 볼핑어는 친밀하게 폴트의 어깨를 잡았다. "공무상 그럴지 몰라도 실제로는 아닐걸, 어때요 시몬?"

“아니, 그렇지 않아요.” 폴트가 말했다. “실제로도 그래요.”

“우리 그런 의미에서 다시 한 번 건배. 그런 정의는 축배를 받아야 해요.” 샤힝어의 눈은 공격적으로 번득였다.

폴트는 분명하게 불쾌감을 느꼈다. 분위기는 달라져 있었다. 그는 이제 더 이상 이 모임에 속해 있지 않았고, 여기 아래 덫에 걸려 있었다.

“내게 더 좋은 생각이 있어요.” 다행스럽게도 카를 브룬너의 말이 들렸다. “내 지하실에서도 와인이 무슨 의미가 있는지 시험해봅시다.”

“여기 그냥 있어요.” 샤힝어가 고집스럽게 말했다. “내가 마침내 여러분 모두를 함께 모았는데.”

카를 브룬너는 의미심장하게 어깨를 으쓱했다. “그래, 내 와인이 너무 약소하다면, 요셉…….”

“물론 그건 아니에요.”

“그럼 가자.”

열린 압착장 문으로 밀고 들어오는 햇빛 속에서 남자들은 자신의 차를 찾았다. 폴트는 미안해하며 쿠르츠바허의 옆자리에 앉았다. “아직 괜찮은가, 프리드리히?”

“그럼.”

“정말이겠지.”

카를 브룬너의 지하실은 넓고 분명하게 나누어져 있었다. 커다란 오크통들이 둥근 천장 아래 주요 통로에 있었다. 통로는 굴곡 없이 석회질 지층으로 파 들어가 짧은 옆 통로로 가지를 뻗고 있었다. 카를 브룬너는 피곤에 지친 채 쇠사다리를 타고 오크통 마개까지 올라갔다. "우리 집엔 병에 든 와인은 없어요." 그는 와인을 와인잔에 흘러내리게 했다. "그렇게 바꾸는 것은 비경제적이거든."

시몬 폴트는 깔때기를 잡고 검지로 와인 줄기를 조절하는 브룬너의 손을 보았다. 뭉툭한 손톱, 주름지고 갈라진 피부. 그리고 그는 노인의 얼굴을 보았다. 그 얼굴은 시선을 의식하고 조용히 답했다. 분명 와인 탓이었다. 그러나 시몬 폴트는 갑자기 밀려드는, 거의 부드럽기까지 한 친밀감이 거짓은 아니라고 느꼈다. "여러분 모두에게 할 말이 있어요." 모두들 와인을 마시고 나자, 그는 불안하게 말했다.

"아니, 이런 일이." 요셉 샤힝어는 중얼거렸다.

경위는 혼란스러워하지 않았다. "하안 씨에 대해 나쁘게 생각할 수많은 이유들이 있어요. 그러나 난 단 한 가지만을 나쁘게 생각합니다. 그가 죽은 후에도 여러분과 나 사이를 파고 들어온다는 사실입니다."

생각에 잠긴 듯 고요함이 뒤따랐다. 잠시 후 크리스티안 볼핑어가 쾌활하게 그러나 무거운 혀로 말했다. "당신 책임이에요, 경위님. 왜 그렇게 호기심이 많아요. 그 나쁜 자식에게 그런 즐거움은 주고 싶지 않아요."

아무도 이에 반대하지 않았다. 곧 가까이 다가오는 자동차 소리가 이 기분 좋은 고요함을 방해했다.

다급한 발소리가 들렸고, 마르틴 슈텔처, 브룬도르프의 음식점 주인이 지하실 계단을 뛰어 내려왔다. "빨리요, 박사님." 그가 헐떡이며 말했다.

"제 가게 바로 뒤 축구장에서 바르틀이 발견되었어요. 죽지 않아야 할 텐데. 바르틀이 움직이지 않아요. 머리는 피투성이고요."

# 주정뱅이 바르틀의 폭행 사건

시몬 폴트는 자신의 눈을 믿을 수가 없었다. 브라이튼 펠트 지역 병원 침대에 믿기 어려울 정도로 깨끗한 사람이 얌전한 잠옷을 입고 누워 있었다. 흰색 머리 붕대를 한 그 얼굴은 자세히 들여다보니 브루노 바르틀을 떠올리게 했다. 그는 자고 있었다.

"깨어나면 이야기하세요, 경위님." 의사가 폴트 옆에서 만족스럽게 자신의 환자를 관찰했다. "그 정도로 맞고도 살아남을 사람은 많지 않을 겁니다. 우리 바르틀 씨는 참으로 단단한 두개골을 가졌습니다."

"그 두개골 안도 주목할 만합니다." 경위는 씩 웃으며 덧붙였다. 그리고 침대 모서리로 의자를 끌어당겨 앉고는 참을성 있게 기다렸다.

시몬 폴트는 지난밤 때문에 피로해 있었다. 현장 수사는 근무 중이던 동료가 했지만, 그는 세세한 것 하나 놓치지 않았다. 새벽 4시경 병원으로부터 브루노 바르틀이 생명에 지장이 없다는 소식을 들을 때까지 그는 깨어 있었다. 바르틀을 죽일 목적으로 사용했을 둔기에 대한 단서는 없었다. 용의자들에 관해서 한 가지는 분명한 듯했다. 이 폭행은 단지 알베르트 하안의 죽음과 하안의 생전에 바르틀이 했던 그 이상한 역할을 연관지을 때 설명이 가능한 것이었다. 폴트는 장례식 때 그리고 플로리안 스보보다의 압착장에서 와인 테이스팅을 할 때 바르틀이 나타났었던 것을 기억해냈다. 그때 이 수줍음 타는 남자에게 자극적인 행동을 하게 만들고, 마지못한 관객들이 그를 그냥 내버려둔 데에는 분명 뭔가 있었다. 이 이상한 주정뱅이가 협박을 했을 거라고는 생각되지 않았다. 계획적이고 의도적인 행동은 그와는 분명 어울리지 않기 때문이었다.

지금까지 조용히 누워 있던 바르틀이 움직이기 시작했고, 그의 호흡이 점점 빨라졌다. 두려움 같은 것이 얼굴에 나타나더니 고통스러운 듯 끙끙거리다가 바르틀은 깨어났다.

“안녕, 브루노.” 폴트가 부드럽게 말했다. “자네가 살아 있어 다행이군.”

환자는 혼란스러워하며 아이 같은 호기심을 갖고 경위를 보았다. “그런데 하안 씨는 죽었어요, 그렇죠?”

“그럼, 그는 죽었어. 날 알아보겠나?”

긴장한 바르틀은 곧 놀랐다. “폴트 경위님, 무슨 일이죠? 제가 체포된 겁니까?”

“왜 무슨 일을 저질렀나?”

“전 항상 손님으로 초대를 받았었죠.”

“그리고 하안 씨가 죽었을 때는 자네 스스로 간 거지, 아닌가?”

바르틀은 뭔가를 꾸미는 공모자의 웃음을 지었다. “그랬죠, 영리하지요, 그렇죠? 그리고 아무도 날 쫓아내지 않았어요.”

“그 사람들은 자네에 대해 두려움을 가지고 있어. 자네가 아마도 뭔가 그들에 관해 알고 있는 게지?”

“난 모든 걸 알고 있죠.”

“예를 들어?” 바르틀은 침묵했다. “말해봐, 우리 남자들끼리 말이야.” 폴트가 말을 이었다. “그레테 하안은 어떤 종류의 사람이지?”

“그분한테는 그러면 안 됩니다. 다른 사람들이 웃을

때 그분은 절대 함께 웃지 않았어요.”

“그렇지만 스보보다 씨와 팔렌 씨는 웃었지, 안 그래?”

“이제는 그들도 더 이상 그렇게 웃지는 못하죠.”

“그러니까 그들 중 한 사람이 자네의 머리를 쳤을 수도 있다고 생각하는 건가?”

바르틀은 붕대를 더듬었다. “좋은 사람들은 그런 짓을 할 수 없죠.”

“그럼 누가?”

“그래도 아마 그들 중 한 사람, 왜냐하면 더 이상 웃을 일이 없으니까 말이에요.”

“자네는 그렇게 늦은 저녁에 축구장에서 무슨 일을 한 건가?”

“그곳에 슈텔처의 뒷문이 있잖아요.”

“그래서?”

“거기에는 빈 병 박스들이 쌓여 있는데, 그 병들은 완전히 비어 있는 적이 없어요.”

“알겠네. 그래서 그날 저녁에 그곳에 있었나?”

“아무것도 썩게 두어선 안 되니까요.”

“그럼! 회복을 비네.” 경위는 일어섰다.

“저에 대해서 더 이상 알고 싶은 게 없습니까?”

"없네." 폴트가 말했다. "자넨 나한테 말하지 않을 거 잖아."

병원의 원무실에서 전화로 경찰서에 간략하게 보고를 했다. 곧 크라트키 수사관이 직원 몇 명을 데리고 부르 크하임에 도착해서 급히 폴트와 이야기를 하고 싶어한 다는 것을 들었다. 한 시간 후 그들은 마주 보고 앉았다.

"바르틀 씨는 어떤가요?" 빈의 수사관이 물었다.

"그다지 심각하지는 않아요, 정황에 비하면. 게다가 그 사람이 그렇게 정신이 말짱한 적이 없었어요. 그에게 는 그게 더 힘들 겁니다."

"그건 그 사람의 문제죠. 여하간 스보보다와 팔렌에게 더 관심이 갑니다. 우리는 빈에서 뭔가를 알아내려고 애 를 썼지요. 친애하는 폴트 씨, 당신에게 말하지만, 많은 것들에 대해 생각하게 되더군요. 예를 들어 플로리안 스 보보다와 그의 가련한 부인이요. 그 집에 갔었어요. 방, 부엌, 남부역 근처의 작업 공간까지요. 형편없는 셋집 에, 가난한 냄새가 나더군요. 무슨 말인지 아시겠죠?"

시몬 폴트는 놀라서 위를 쳐다보았다.

크라트키는 자신의 메모지를 뒤적였다. "이만하면 괜 찮죠, 그렇죠? 그런데 더 좋은 소식이 있어요. 부르크하 임의 스보보다 집은 당신도 잘 아는 사람의 소유예요."

“알베르트 하안이요?”

“맞아요. 값 비싼 지프차도 빌린 겁니다.”

“그럼 스보보다는 허물어진 지하실의 벽돌에 대해서는 뭐라던가요?”

“잘도 꾸며대더군요. 하안과 그는 우정으로 연결된 와인 전문가로서 자주 와인을 교환했는데, 그러려면 벽에 난 구멍이 가장 편했다고 하더군요. 그동안 그것을 다시 벽돌로 막았고, 그래서 서로를 방해하지 않았다고요.”

“그리고 팔렌은요? 그 사람은 어때요?”

“이 경우에는 상황이 달라요. 그는 자신의 수입에 맞게 아주 정상적인 생활을 하더군요. 그의 유일한 문제라면 게이샤 바예요.”

“뭐라고요?”

“당신은 빈에서 젊은 하클이 알베르트 하안과 다투다가 체포된 이상한 사건에 대해 이야기한 적이 있었지요.”

“그게 이 게이샤 바에서였나요?”

“그렇다니까요.” 크라트키는 과장된 손놀림으로 자신의 숱 없는 머리를 쓸었다. “이 술집은 원래 이 업계에서 죄는 지을망정 순진함을 알던 시대의 유물이지요. 그곳은 고리타분한 가장들이 호시절에 전율하면서 방탕함의 심연까지 떨어졌던 곳이죠. 다음 날에는 곧 그것이 양심에 걸려 자식들을 엄하게 훈육하는 데 온 정신을 쏟아부었겠지만 말입니다. 그렇다 칩시다. 이제 그 게이샤 바는 더 이상 붐비지 않아요. 예순이 넘은 마지막 단골 하나가 어머니 나이의 창녀와 과일차를 마시면서 옛날 얘기들을 하고 있었어요. 때로는 몇몇 술 취한 사람들이 길을 잃고 오거나 한 번쯤 완전히 타락해보고 싶은 여드름 난 대학생이 들어오기도 하더군요. 자정 무렵에는 마담들 중 하나가 자신의 차 주전자를 옆으로 밀어놓고 작은 무대 위로 올라가서 눈에 띌 정도로 지루해하면서 옷을 벗지요. 그러면 단골이 샴페인을 주문하고 여자들 중 하나의 무릎을 잡고 그런 식이죠."

"알베르트 하안과 그의 친구들은 그곳에서 무얼 했답니까?"

"당신은 브룬도르프의 집에서 열린 기묘한 사티로스 신*의 축제에 대해 이야기한 적이 있었지요. 그들은 도시의 게이샤 바에서 그와 비슷한 유흥을 발견했던 겁니다. 알베르트 하안은 그곳에서 많은 돈을 쓰며 하고 싶은 건 뭐든 할 수 있었지요."

"그럼, 스보보다와 팔렌은 또다시 민망한 주인공이 되

---

* 수확의 신.

었나요?"

"당신의 통찰력은 차츰 나를 안심시킵니다, 폴트 씨. 난 오랫동안 스트립 댄서와 그곳에서 이야기를 나누었어요. 누구에게든 생각지 못한 돈은 반가운 법이지요. 그런데도 그들은 알베르트 하안이 더 이상 오지 못하는 걸 아주 좋아하더군요. 재미를 보거나 방탕한 짓을 해서가 아니라, 아마도 악의가 있다는 걸 느꼈나 봅니다. 아무리 무디어진 매춘부라도 배알이 뒤틀리는 법이니까요."

폴트는 천천히 고개를 끄덕였다. "그런 저녁 시간이 어떤 식으로 지나가는지 대충 상상이 됩니다. 그런데 어제저녁 바르틀 사건이 일어났을 때, 스보보다와 팔렌이 어디에 있었는지 압니까?"

크라트키는 검지로 책상을 두드렸다. "그들은 여기 부르크하임에 있었어요. 그리고 아직도 이곳에 있고요. 내일을 미루려는 것이 아니라, 그 두 사람은 당신과 할 말이 더 많을 것 같군요."

"아마도." 폴트는 잠시 생각에 잠겼다. "그 전에 하안 부인과 다시 이야기를 하고 싶습니다."

"미룰 수 없는 일부터 하시죠." 크라트키가 일어서서 서장의 사무실로 통하는 문으로 갔다.

"불쌍한 바르틀." 그레테 하안이 설거지를 하느라 젖은 손을 푸른색 행주에 닦았다.

폴트르는 이미 낯익은 부엌의 긴 의자에 앉았다. "그는 부인을 좋아해요." 폴트르가 말했다.

"알아요. 저는 남자들에게 인기가 많아요. 50년대에는 '플로리즈도르프의 해변의 여인'을 한 적도 있어요. 그렇지만 아름다움이란 참 빨리 사그라지더군요."

"말을 돌리면 이야기에 진전이 없어요." 폴트르가 말했다. "마을에는 바르틀을 경멸하는 사람들이 많아요. 그렇지만 그를 해칠 사람은 아무도 없지요. 그런데 플로리안 스보보다나 공학석사 팔렌에게는 그가 위험인물이 되었는지도 모르죠."

"경위님은 바르틀이 언젠가 저녁에 우리 집에서 모르는 편이 나을 무언가를 알게 되었다고 생각하는 겁니까?"

"그럴 수 있지요."

"꼭 있어야 된다고 강요하지 않으면 저는 대부분 위층 침실에 있었어요. 때로는 아무 이야기도 듣지 못했어요. 저도 취했었거든요. 물론 제 남편의 모든 말은 암시로 가득 차 있었지만요."

"스보보다가 성당의 쥐만큼이나 가난하다는 것을 알고 계십니까?"

"그래요? 비슷하게 예감하긴 했어요. 하여간 그는 알베르트의 악의적인 행위에 가장 덜 시달린 사람이에요. 자신의 허풍스러운 생활에 돈이 되는 한 그는 같이 어울릴 준비가 되어 있었어요. 그는 별로 해를 끼치지 않는 바보였지요."

"그럼 건축가는요?"

"바보도 아니고 해롭지도 않아요. 난 지금까지도 설명할 수 없어요. 왜 그 사람이 같이 놀아났는지를요."

"저도 잘 모르겠는데요……." 경위는 당황해서 옆에 놓인 정육업자들을 위한 잡지를 만지작거렸다. "그렇지만 팔렌이 그런 모욕을 즐겼을 수도 있지 않을까요? 제 말은, 마조히즘 뭐 그런 거요."

그레테 하안은 웃음을 멈추려 하지 않았다. "저한테 잘 오셨어요, 경위님. 전 잘 알고 있거든요. 제 남편의 변덕에 굴욕당한 건축가는 아마 단 1초도 즐겁지 않았을 겁니다."

"죄송합니다." 경위는 심란한 목소리로 말했다. "바로 그 주제에 대해, 그러니까 부인의, 굴욕은요?"

"모르겠어요." 그레테 하안이 대답했다. "정말 모르겠어요."

## 그레테 하안의 비밀

"용의자들이 벌써 문으로 달려 들어오는군." 시몬 폴트가 경찰서로 오자 동료 하나가 말했다. "공학석사 팔렌 씨가 자넬 기다리고 있어, 음식점에서."

"그가 날 허기에서 구해주는군." 폴트가 흐뭇하게 대꾸하고 다시 움직였다.

팔렌은 하필 바르틀이 가장 좋아하는 자리에 앉아 있었다. 그의 앞에는 생수 한 잔이 놓여 있었다. 경위가 들어오자 그는 불안하게 위를 올려다보았다. "정말 친절하시군요, 경위님. 이렇게 오시다니."

"난 친절하지 않아요. 당신이 제 길을 단축했을 뿐이에요." 폴트가 정정했다. "간단히 요기를 해도 될까요?"

"별 말씀을! 기꺼이 기다리겠습니다."

족히 30분 후에, 두 사람은 편안하게 새 다용도 창고를 지나 포도밭으로 이어지는 운송로를 따라 걸었다. 팔렌은 두 손을 외투 주머니에 넣고 어깨를 으쓱하며, "이건 범죄예요"라고 중얼거렸다.

"무슨 말씀인지?"

"아니, 이 괴물말입니다. 말도 안 되는 공간, 진부한 형태, 무의미한 배열. 자연의 조화에 가하는 이 무자비한 폭력."

"맞습니다." 폴트가 내뱉었다. "다른 한편으로는, 마침내 이 근방이 개발되고 주 정부가 조금만 지원을 하면 최선의 결과가 나올 테고 경제적인 목적에도 맞을 겁니다. 이곳 사람들은 그들의 저장고를 자랑스러워하지요. 난 그걸 이해할 수 있어요."

"부르크하임의 바로크식 구식건물들은 쇠락하겠지요. 사람들은 왜 그것을 박람회 건물로 짓지 않는 거죠?"

"문 앞에 주차장이 없기 때문이죠. 우리처럼 자동차에 얽매어 있는 얼간이들의 관심을 끌지 못하거든요. 그런데 이게 우리의 주제는 아니지요?"

"네."

한참 침묵이 흐른 후, 팔렌이 말했다. "제가 이야기를 하나 해드리지요. 그리고 부탁을 할 텐데, 어떻게 할지 결정하십시오." 폴트가 말없이 가만있자, 그가 말을 이었다. "제가 알베르트 하안, 플로리안 스보보다와 빈에서 같은 중학교를 다녔다는 것을 아시죠?"

"압니다."

"저는 우리 셋 중 가장 뛰어난 학생이었어요. 그 당시 어떤 일이 있었는데, 지금도 아주 뚜렷하게 기억합니다. 저는 한없는 우월감에 경솔해졌어요. 졸업시험 직전에 두 친구는 저보다 시험에 합격할 가능성이 더 많았어요. 플로리안은 마지막 달에 순전히 절망해서 열심히 공부했고, 알베르트는 이미 그 당시에도 영리하기 짝이 없어서 분명 어떤 술수든 썼을 겁니다. 모범생이었던 제게 시험관은 높은 기대를 걸었는데, 시험관이 실망해서 더 가혹한 평가를 내리리라는 것이 분명해지더군요. 제가 알베르트에게 그 이야기를 했더니, 그는 비밀스럽게 웃으며 나를 돕겠다고 하더군요. 저는 아무것도 할 필요가 없다고요. 단지 자기만 믿어주면 된다고요. 전 한편으로 두려웠고, 다른 한편으로는 그런 비밀스러운 모험에 마음이 끌리더군요. 알베르트는 제게 백지에 사인을 하도록 했고, 몇 주 후에 전 기적처럼 시험에 합격했지요. 그리고 그때서야 비로소 사건의 전모를 알게 되었어요. 알베르트는 우리 선생님이 반 학생과 관계를 가졌다는 것을 알고 있었어요."

폴트는 무의식적으로 멈춰 섰다. "그러니까 협박을 했군요."

"네, 아주 완벽하게 격식을 갖춘 편지로 타이핑을 해서 사인을 했어요."

"용기 있는 교사였다면 다른 방법으로 피해갈 수도 있었을 텐데요."

"물론이죠. 하지만 책임은 바로 제게 있어요. 알베르트는 아슬아슬한 모험을 즐긴 거죠, 어떤 식으로든."

"나중에 알베르트가 당신을 협박했나요?"

"직접은 아닙니다. 자주, 네 대학생활은 깜찍하고 작은 범죄 행위로 시작되었지, 라고 비꼬곤 했어요. 그리고 제가 그를 조금만 멀리하려 하면 화를 냈지요."

"그의 기묘한 파티는요?"

"그것은 10년 전부터 시작되었어요. 그 전에는 단지 엉망진창으로 취해서 윤락가에 가는 정도였어요. 차츰 은연중에 결속감이 사라지기 시작했어요. 더 이상 이렇다 할 만한 저항도 없을 걸 알게 되자, 알베르트는 앞으로 우리에게서 소시민적인 잔꾀를 더 강하게 몰아내겠다고 통고했어요."

“그럼 플로리안 스보보다는 알베르트 하안과 어떻게 연결되어 있죠?”

“돈이라고 생각합니다. 플로리안은 정말 독창적인, 그러나 그다지 지적이지 않은 녀석인 데다가 경망스럽고 주체할 수 없는 위선자이지요. 알베르트는 항상 그를 부추겼어요. 꼭두각시를 좋아했거든요. 빕시가 약간 그의 성미에 거슬렸지만요.”

“아니 어떻게요?” 폴트는 놀랐다.

“아, 빕시는 소신이 있어서 남편의 편을 들었거든요. 왜 그랬는지는 아무도 모릅니다.”

“그리고 당신, 가족은 있어요?”

“아뇨, 감히 생각도 못 했어요. 오랜 시간 동안 저의 존재는 흙으로 만든 기둥 위에 위태롭게 있었죠. 게다가 주벽이 제 성격을 얼마나 많이 변화시켰는지 확실히 알게 되었거든요. 전 단지 허울 좋은 껍데기일 뿐입니다, 수사관님. 안에는 아무것도 없어요.”

두 사람은 와인 모종들로 둘러싸인 작은 골짜기가 끝나는 곳을 향해 걸어갔다. 창백한 11월의 태양은 이미 언덕 뒤쪽으로 사라져버렸고 점차 안개가 끼기 시작했다.

“알베르트 하안이 지하실에서 죽은 채 발견되었을 때.” 팔렌이 말을 이었다. “전 처음으로 한없이 홀가분해졌어요. 그렇지만 곧 플로리안과 제가 항상 그에게 종속되어 있다는 것을 깨닫게 되었지요. 스보보다는 자신의 안정된 삶을 걱정해야 하고, 전 항상 제 직업을 염려해야 하니 말입니다. 알베르트 하안은 시험에서 제가 사기를 친 것에 대한 증거를 보관했을 뿐만 아니라, 그 역겨운 파티에 대한 사진들도 갖고 있었거든요. 이게 전부입니다. 그러니 플로리안이나 제가 그 음주 파티를 끝내기는 힘들었죠. 더 이상 드릴 말씀이 없습니다."

"아니죠, 부탁을 잊으셨습니다."

"네, 그러네요. 전 더 이상 젊지 않습니다. 제가 조금만 제 자신을 관리한다면 연금을 받을 때까지 일을 할 수 있을 겁니다. 제 고객들이 뭔가를 알게 되기 전까지는요. 그리고 아마 행운이 따른다면 알베르트의 시한폭탄은 터지지 않겠지요. 전 경위님께 모든 걸 이야기하려 했습니다. 제 역할을 잘 이해하도록 말입니다. 물론 저도 용의자 중 한 사람이라는 것을 잘 압니다. 알베르트 하안에 관해서, 그리고 그 불쌍한 바르틀과 관련해서도. 제가 범인이 아니라는 말은 지금 이곳에서는 이론적으로 그렇다는 의미일 뿐이겠지요. 저의 멋진 허울을 그대로 두는 것은 경위님께 달려 있습니다. 그 허울은 이미 오래전부터 노숙을 해온 사람에게 마지막으로 남아 있는 넥타이 같은 것입니다, 아시겠어요?”

시몬 폴트는 한참 생각하고 나서 말했다. “행운을 빕니다. 건축가님.” 두 사람은 말없이 부르크하임으로 되돌아갔다.

폴트는 경찰서에서 플로리안 스보보다와 통화를 하려고 애쓰고 있었다. 그때 갑자기 전화가 연결되었다.

“안녕하쇼, 수사관님.” 즐거운 목소리가 수화기에서 울렸다. “우리, 할 얘기가 많을 것 같은데요.”

“그렇겠죠.”

“그럼, 높으신 법의 집행관님을 제 누추한 압착장으로 모셔도 될까요. 그곳은 방해도 받지 않고 마실 것도 있어요. 동의하십니까? 저는 그곳에 10분 후에 도착합니다.”

“좋아요, 10분 후.”

어차피 브룬도르프에 용무가 있던 수사관 츨라빙어는 시몬 폴트를 스보보다의 지프차가 서 있는 켈러가세까지 태워다 주었다.

“어서 들어와 앉으세요. 형리가 제 가구들을 들어내기 전에요.” 스보보다의 목소리가 압착장에서 울려나왔다. “2리터 병의 그뤼너 벨틴과 블라우에 포르투기저 중에 뭘 마실까요? 전 더 이상은 여력이 없어요.”

“감사합니다. 괜찮습니다.”

"도녝 에리스 소스페스, 무트로스 누메라비스 아미코스 등등." 스보보다가 못마땅한 목소리로 인용했다.

"그건 라틴어 같은데요." 폴트가 말했다. "전 한마디도 이해 못 하겠어요."

"아무래도 상관없습니다." 스보보다가 벌컥 한 모금을 들이마셨다. "시인이 우리에게 하려는 말은 이겁니다. 네가 잘 나가는 동안에는 친구들이 많다. 네 상황이 좋지 못하면 친구들은 너를 무시한다."

"난 당신의 친구였던 적이 없는데요."

"경위님은 거의 믿을 수 없을 겁니다. 그러나 전 그걸 예감했어요. 제가 당시 난감했던 우리의 테이스팅 때 경위님을 지하실로 들이지 않은 이유를 아십니까?"

"허물어진 벽돌 때문이라고 생각되는데요."

"아니 어떻게. 저의 유별난 지하 통로가 법의 눈을 피할 필요는 없었어요. 그런데 지하실은 비참할 정도로 텅텅 비어 있었답니다. 제가 미친 듯이 내어놓은 비싼 와인들은 그게 마지막이었어요."

"아, 그렇군요. 이건 다른 겁니다만, 지난 금요일 9시경에 어디에 있었나요?"

"정말 좋은 질문입니다, 경위님. 그 질문이 우리의 멍청한 술동무 바르틀의 흉내 낼 수 없는 운명을 우아하게 건드리고 있으니까요. 그러나 당신을 실망시킬 수밖에 없습니다. 달빛이 비치던 그 시간에 저는 아내와 잤습니다. 정확하게 기억하는데, 물론 그런 일은 드물긴 하지만요. 제 생각에는, 빕시도 아마 그 일을 기꺼이 기억해낼 겁니다. 아내가 경위님께 이야기할 겁니다. 저는 아내가 호의적인 말을 찾기만을 바랄 뿐입니다.”

“그럼 이제 어떻게 되는 겁니까, 집과 차 그리고?”

“그걸 제게 묻는 겁니까? 그레테 하안은 백합같이 하얀 손으로 제 운명을 쥐고 있어요. 염려하건대, 저는 그녀가 제 운명을 놓아버릴 것 같아 걱정됩니다.”

“그럼 파티는 이제 끝난 거네요.”

“알베르트에게는 그것이 아마 파티였겠지요. 난 끔찍할 정도로 힘들게 일을 했던 거였고, 그 대가를 철저하게 치렀어요.”

“이야기해보세요!”

“이야기하지 않겠습니다. 그건 개인적인 일이에요. 당신에게도 어쩔 수 없어요.”

“아내와의 관계는 어떻습니까?”

“빕시요? 아내는 아무런 상관도 없는데요.”

“왜 테이스팅 때 바르틀이 오는 것을 그대로 두었죠?”

“동정심에서 그런 건 분명 아닙니다. 당신의 약한 마

음과 예민한 감성을 알아요, 경위님. 그를 내쫓았다면 당신의 마음이 아팠겠지요. 난 당신의 기분을 그대로 유지시켜주고 싶었어요."

"왜요?"

"그때는 제가 우아한 와인과 미사여구와 함께 등장하는 마지막 무대였고, 그걸 망치고 싶지 않았어요. 게다가 경위님은 당신의 선행에 대해 부족함이 없는 보상을 받을 만했어요. 저를 집으로 데려다 주다니, 정말 좋은 분입니다."

"그렇지만 오늘 나는 당신의 적이지요?"

"말할 수 없습니다. 이런 사악한 세상에서는 조심하기 마련이지요."

"당신은 친구가 있습니까?"

"베르너 팔렌은 어느 정도 왕래할 만한 녀석이지요. 어쩐지 우리는 서로 맞거든요."

"그럼 그레테 하안과는?"

"경위님! 이게 토크쇼라면 이제 일어서겠습니다. 그리고 세트를 망가뜨리고 스튜디오를 떠날 겁니다."

"그녀를 경멸합니까?"

"아뇨, 제기랄."

"그럼 그 여자와 잤군요?"

그 순간 플로리안 스보보다가 술이 가득 찬 병을 잡고 폴트의 얼굴을 치려고 했다. 그러나 폴트는 재빨리 피했다. "이 제복 입은 나쁜 놈!" 스보보다가 소리를 질렀다.

폴트는 흰색 회벽에 생긴 붉은 얼룩을 보았다. "와인이 아깝군."

"당신 말이 맞습니다." 스보보다가 아무 생각 없이 말했다. "정숙한 여인의 명예를 문제 삼으면 안 됩니다."

"그럼 이제는?" 폴트가 집요하게 물었다.

스보보다는 어깨를 축 늘어뜨리고 다시 진지해졌다. "수사관님, 그레테와 제가 그럴 생각이 있었다고는 생각하지 마세요. 그런 일은 우리가 정신없이 취했을 때에만 일어났어요. 테오도르 크라머의 시가 있지요. 잠깐만요……. '베이워터의 여름' 이 제목인데……. 난 너에게 다가간다. 안식을 위해서가 아니라, 난 몸을 파는 여인들이 하는 것을 가르쳐주리라……."

"크라머?" 폴트가 생각에 몰두하면서 말했다. "그도 포도 재배 지역 출신이지요?"

"니더홀라브룬 지역." 스보보다는 생각에 잠겨 웃었다. "보통 시는 제 분야가 아니지요. 그렇지만 그 녀석은 무거운 와인 같은 맛이 나거든요. 그 얘긴 그만둡시다."

"브루노 바르틀은 어떻습니까? 당신과 하안 부인에 대

해 알았어요?"

"다시 나를 화나게 만들기 시작하는군요. 그 인간은 이미 오래전부터 머릿속까지 취했어요. 정말 재미있는 환각을 지닌 살아 있는 시체죠. 그 사람은 그냥 내버려 두세요. 그런데 어느 날 우리는 사랑하는 알베르트에게 들켰지요."

"그래서요?"

"그래서! 그래서! 그때서야 그는 마음껏 웃더군요. 그러고는 우리가 계속하길 원했어요. 그가 그녀 위에 있는 나의 벗은 엉덩이를 발로 밟고 누르고 있었기 때문에 난 더 이상 할 수 없었죠. 내가 마침내 그에게서 벗어났을 때, 그는 그레테를 계단 아래로 끌어내리더군요. 나머지는 당신도 아마 알고 있을 겁니다."

"그녀를 돕지 않았습니까?"

"어떻게요? 난 거의 서 있을 수도 없었어요. 그 정도로 취해 있었어요."

"그런데 도망갈 수는 있었군요."

"아마 아실 겁니다. 영웅적인 법의 수호자님. 전 떠버리일 뿐만 아니라 겁쟁이랍니다."

"좋아요. 바르틀은 당신에게 무슨 짓을 했지요?"

"아무것도, 맹세코."

"알베르트 하안 이야기로 돌아갑시다. 최소한 엉덩이를 발로 밟힌 후로 당신은 그를 더 이상 좋아하지 않았지요, 아닙니까?"

"제 검은 영혼의 밑바닥을 들여다볼 수 있도록 해드리지요. 그 자식을 죽이고 싶어 손이 정말 근질근질했는데, 다음 날 그는 아무 말 없이 제게 돈을 듬뿍 주더군요."

"당신 부인은 그걸 압니까?"

"아내는 빼주십시오."

"갑자기 생각이 나는군요. 브루노 바르틀이 당시 그 사건을 알았다 칩시다. 또 가정이지만, 언젠가 그가 당신의 부인에게 이야기할 거라는 의심을 했을 수도 있겠군요. 당신과 법시는 서로 사랑하지요? 그것이 당신에게는 인류를 위해 없어도 될 존재를 없애는 정말 합당한 이유가 되지 않았을까요?"

플로리안 스보보다는 침묵했다. 그는 조용한 손놀림으로 잔을 가득 채우고는 마시려 했지만 곧 밀어놓고 말했다. "빙고."

"뭐가요?"

"슈틸처의 마당에 있던 나무막대로. 그건 시냇가에 버렸어요. 어쩐지 지금까지 제가 한 범죄 행위와는 어울리지 않았거든요. 세상을 알베르트 하안으로부터 해방시키기보다는 불쌍한 술꾼을 죽였어요."

"그러지도 못 했어요."

"무슨 말씀인가요? 그가 살아 있나요?"

"네. 어느 정도는, 살아서 술 마시는 게 더 좋을 테니까요."

"우리 그것을 위해 건배합시다, 경위님. 빕시는 최소한 나 때문에 거짓말을 하지 않아도 되겠군요."

"난 당신을 항상 재미없는 사람으로 생각했어요." 폴트가 천천히 말했다. "그렇지만 낙오자인 당신도 그다지 나쁘진 않군요."

"그렇습니다." 스보보다는 눈에 띄지 않게 얼굴을 히죽거렸다. "불쌍한 바르틀."

# 이상한 늙은이 스텝스키의 충고

보통 폴트의 수고양이 체르노호르스키는 사람들이 표현하는 관심을 너그럽게, 별 반응 없이 대했다. 때로는 물론 드물기는 하지만, 계기는 알 수 없어도 고양이 스스로 자신의 주인이자 같이 사는 사람에게 애정과 친근감으로 보답하는 것이 당연하다고 생각하는 것 같았다. 그럴 때면 고양이는 육중한 엉덩이를 폴트의 무릎 위에 얹고 자기 것을 지키려는 듯 앞발을 그의 배 위에 고정시키며 격하게 그렁거렸다. 그러고는 호박색 눈에 주체할 길 없는 애정을 드러냈다.

플로리안 스보보다가 체포되던 그날 저녁도, 고양이는 그럴 기분이었다. 경위는 세심하게, 그러나 약간 산

만하게 고양이의 귀 뒷부분을 쓰다듬었다. "사실 난 만족해야 해, 내 사랑스런 고양이. 크라트키는 자백한 범인을 데리고 만족해서 떠났고, 스보보다가 알베르트 하안도 죽였다고 말하더군. 물론 그의 말이 진짜일 수도 있어. 그렇지만 스보보다는 정직한 거짓말쟁이 같아. 도대체 범인은 누구지? 제기랄. 이론상으로 여러 사람이 용의 선상에 있는데, 리스트 맨 위에는 바로 와인 저장고 이웃들이 차지하고 있거든. 그 생각만 하면 기분이 나빠져. 사고일 수도 있는데, 단지 그걸 믿을 수 없을 뿐이지."

체르노호르스키는 자신의 흘러넘치는 고귀한 감정을 제대로 인정받지 못하자, 바닥으로 뛰어내려 화로 앞으로 갔다. 그러고는 옆으로 누워 네 발을 따뜻한 곳으로 뻗었다.

다음 날 경위는 경찰서에서 처음으로 서류를 작성하고, 점심때쯤 그레테 하안을 방문했다. 그녀에게서 무슨 이야기를 듣고 싶은 건지 정확히 모른 채 말이다. 그는 그녀가 장례식 때처럼 검은 옷을 입고 있는 것을 보고 멈칫했다.

"오늘 일찍 공증인에게 갔었어요. 그곳에는 검은 옷이 어울릴 거라 생각했지요. 하여간 저는 슬픔에 잠긴 미망인이니까요."

"최소한 어느 정도 경제적인 보장을 받은 미망인이죠."

"그 어느 정도에 대해 이야기해보죠. 독창적인 제 남편은 유언장에서 저를 욕하고 조롱했지만, 여하간 저를 부유한 여자로 만들었어요. 진짜 부자요. 처음에는 어안이 벙벙해지더군요."

폴트가 만족해서 고개를 끄덕였다. "저와는 아무 상관도 없지만, 당신이 말하고 싶다면, 어떻게 된 건가요?"

"즐거운 과부로서의 제 삶이요? 아마 감옥에서 계속되겠지요. 제가 그 붉은 얼굴의 술꾼을 사주해서 가스 사고를 일으켰거든요. 결국 엄청난 돈이 문제가 되니까요. 아마도 제 낭만적인 애인, 그 원숭이 스보보다가 저의 도구였을지도 모르죠. 가장 좋은 것은 제가 무죄로 이곳을 도망치는 것이에요. 그리고 달려온 왕자들은 저를 가지려고 하겠죠. 그럴 만한 가치가 있으니까요. 역겨움이 뭔지 아세요, 수사관님?"

"안다고 생각합니다." 폴트가 불쾌하게 말했다. "뭔가 심각한 말씀을 하시겠죠."

"난 그 역겨움과 함께 살아야 될 것 같아요." 하안 부인이 말을 이었다. "세상의 돈은 저를 홀가분하게 할 수 없습니다. 함께 한잔하실래요?" 그녀는 부엌 탁자 아래에 있던 2리터짜리 병을 잡았다. "최근에 다시 마시기 시작했어요, 아세요?"

한참 동안 조용히 그곳에 앉아 있던 폴트는 짜증이 올라오는 것을 느꼈다. "오늘은 어느 정도 말짱하신가요?"

"네."

"그럼 절 도와주세요. 부군의 죽음과 상관이 있습니까? 그렇습니까, 아닙니까?"

"아뇨."

"스보보다가 살인자일까요?"

"네."

"왜 그런 생각을 하세요?"

"그에 관해 이야기한 적이 있어요, 가스 같은 것들이요. 심지어 가스를 불어넣기 위해 닥트도 준비했어요."

"그렇지만 지난번에는 해를 끼칠 사람은 아니라고 하지 않았습니까?"

"네."

"왜죠?"

그녀가 웃었다. "저와 한 침대에 드는 사람은 정말 악할 수 없거든요. 정말이에요. 그가 하는 말은 제게는 항상 허풍으로 보였고, 닥트는 멍청한 장난감처럼 생각되었지요. 바르틀이 그것을 믿기 시작했을 때, 제 머릿속도 환해졌어요.”

“구체적인 것은 모르지 않습니까?”

“모릅니다. 아니, 알지도 모르죠. 제 남편이 죽던 날 스보보다에게서 전화가 왔어요. 경위님이 오기 전에요.”

“그가 무슨 말을 하던가요. 가능한 한 그대로 말해주세요.”

“그건 어렵지 않아요. 몇 마디 안 되거든요. 안녕하쇼, 라고 플로리안이 말했어요. 정신 차려요, 그레테. 알베르트가 죽었어요. 우리가 해치웠어요.”

“그리고 당신의 대답은?”

“난 전화를 끊고 울다가 웃다가 했어요.”

시몬 폴트는 힘겹게 일어섰다. “난 당신에게 충고를 하기 위해 여기에 있는 게 아닙니다. 그렇지만 제가 어떻게 생각하는지 듣고 싶으세요?”

“물론이지요.”

“당신은 브룬도르프에 있으면 안 됩니다. 이 추한 집과, 당신과 어울리지 않는 사람들 사이에 말입니다.”

그레테 하안도 일어섰다. 그녀는 경위에게 다가와 그의 넥타이를 바로 해주었다. “맞아요. 그렇지만 아직은 전 떠나고 싶지 않아요.”

“그건 왜죠?”

"경위님이 그리울 테니까요."

시몬 폴트가 문 앞에 서자 부드러운 햇볕이 그를 맞았다. 바람은 불지 않았고 공기에서 젖은 땅 냄새가 났다. 차에 올라탄 그는 창문을 열고 브룬도르프의 켈러가세로 달렸다. 그곳에서 알베르트 하안의 이웃을 만나 플로리안 스보보다의 체포에 관해 들을 수 있을 것이다.

켈러가세에는 압착장의 문들이 열려 있었고 자동차들과 트랙터가 서 있었다. 들판을 향해 아래쪽으로 나 있는, 프리드리히 쿠르츠바허와 카를 브룬너의 압착장은 조용했다. 경위는 차를 세우고 목적지 없이 걸음을 옮겼다. 마지막 압착장이 그의 관심을 불러일으켰다. 그것은 오래되었고, 진흙과 갈대와 돌로 된 벽이 구불구불하고 비뚤어져 있었다. 지붕은 이끼 낀 벽돌의 무게로 눈에 띄게 내려앉아서 위태롭게 밖으로 향해 있었고, 하얀 회벽 면은 떨어져 나가고 있었다.

폴트는 작은 창문이 열린 틈으로 안을 들여다보았다. 흐릿한 빛 속에서 그는 작은 포도 프레스를 볼 수 있었다. 그것은 나무나 돌 없이 사람의 힘으로 작동되는 것 중 하나였다. 게다가 필수적인 지하실 장비가 있었고 모든 것이 잘 정돈되어 있었다. 경위는 압착장에서 누가 지내는 것을 본 기억이 없었다. 그런데 이곳은 분명 최근에도 작업을 한 듯 보였다. 작은 나무 의자가 문 옆에 놓여 있었다. 시몬 폴트는 유혹을 이기지 못하고 그곳에 편안하게 자리를 잡았다. 그는 햇볕에 눈을 깜빡이다가 감았는데, 자신의 이름을 부르는 소리를 듣지 못했다면 잠깐 잠이 들었을 것이다.

눈을 뜨자, 작고 믿을 수 없을 정도로 마른 사람이 자기 앞에 있는 것이 보였다. 그는 긴 줄무늬가 있는 검은 정장을 입고 있었다. 보통 농부들은 교회 봉헌기념일과 장례식 때 그런 옷을 입는다. 하여간 화려한 옷감은 군데군데 낡아 있었고, 옷핀으로 너덜너덜해진 곳을 고정하고 있었다. 폴트는 그 노인의 나이를 가늠할 수 없었다. 확실한 것은 몇 년 전에, 칠순 잔치를 한 프리드리히 쿠르츠바허가 그 옆에 젊은이처럼 서 있었다는 것이다.

"그건 내 압착장이오." 노인이 말했다. "그냥 앉아 계시오. 그렇지만 조금 옆으로 가시오. 나도 좀 쉴 수 있게. 알베르트 하안의 슬픈 사건에는 진전이 있소?"

경위는 황당했다. "그다지요. 어떻게 그걸 아십니까?"

"난 아주 작은 포도밭을 가지고 있어요. 위 들판 가장자리에. 내가 마실 것은 그곳에서 얻어요. 살충제를 치지 않은 포도지요. 요즘 유행하는 유기농 재배 농부가 있다지요. 난 이미 60년 전부터 그런 사람이에요. 누구도 나를 나이 든 또라이로 보지 않아요. 포도밭에서 위편 오른쪽은 잘 볼 수 있어요. 켈러가세에 무슨 일이 있는지. 그리고 지나가면서 여러 가지 소리도 들어요. 나 때문에 하던 말을 멈추지는 않으니까. 하안의 경우는 사고예요, 그렇죠?"

"왜 그렇게 생각하시죠?"

"죽일 만한 사람은 없으니까요."

"그렇지만 더 이상 아는 것은 없으시죠?"

"누가 압니까? 내가 알고 싶지 않은 것들도 있으니까요. 그런데 당신은 왜 아직 결혼을 안 했소?"

"저요?"

노인은 주위를 둘러보았다. "그럼 누구겠소?"

"아, 제 직업 때문에요. 게다가 우리끼리 얘기지만, 전 꽤 수줍음을 타거든요."

"카린 발터 양과 비스바흐에서 산책하는 것을 보고 알아챘소."

시몬 폴트는 웃었다. "점점 무시무시해지는데요. 성함이……."

"안젤름 스텝스키. 내가 태어났을 때는 모두가 안젤름이었지. 알베르트 하안의 아버지, 알로이스를 잘 알았다오. 그와는 죽이 잘 맞았지. 그와 쿠르츠바허 노인은 서로 지하 통로를 연결하려고까지 했다오."

"압니다."

"그러니까, 다음 세대에서 그런 불화가 생겼다는 것은 불행이지요."

"프리드리히 쿠르츠바허와의 싸움은 정말 걸작이지요."

"그렇지만 그와 한 번이라도 싸움에 휘말린 사람이라면 웃을 수 없어요. 당신은 쿠르츠바허의 친구지요, 그렇죠?"

"수년 전부터요."

"그럼 왜 그를 돕지 않소? 그의 상황은 정말 좋지 않아요."

"알베르트 하안의 지하실과 면해 있는 모든 사람이 그런데요."

"카를 브룬너는 아니지요. 그 사람은 도울 필요가 없어요."

"하안과 다툰 적이 없어서요?"

"그렇소, 아마도 그 때문일 거요. 당신은 요셉 샤힝어와는 문제가 있지요, 어때요?"

폴트는 더 이상 놀라는 것을 포기했다. "그가 말하길, 알베르트 하안의 죽음은 상관할 바가 아니고, 이 근방에

동요를 불러일으키는 것 말고 더 나은 일이 있을 것이라고 하더군요."

"사실 그건 모든 사람의 생각이오."

"어르신도요?"

"이 이상한 늙은이 말을 누가 듣겠소?"

"예를 들어 제가요."

"그건 당신이 실수하는 거요. 이제는 해가 언덕 뒤로 넘어갔군. 아마도 올해 마지막으로 따뜻한 날인 듯하구먼. 벌써 서리가 오는 게 느껴지니 말이오."

폴트는 대화를 어떻게 이어나가야 할지 알 수 없었다. 잠시 후 노인이 당황해 하는 그를 구했다. "당신은 보게 될 것이오. 여보게, 젊은 경위 양반. 아무도 법정에 서지 않을 것이오. 사건은 너무나 복잡하다오."

"그에 관해 아시는 게 뭐죠?"

"그다지 많은 걸 알지는 못해요. 그것만으로도 내게는 버겁지만. 제발 나를 괴롭히지 마시오."

"죄송합니다."

"아니, 무슨 말을. 내가 그에 관해 이야기를 시작했잖소. 당신은 근무시간에 켈러가세에서 수다를 떨면서 보내도 되는 거요?"

"그건 대화 내용에 달려 있습니다."

“그 말이 맞소. 난 가겠소. 서늘해지는군.”

“원하신다면, 댁까지 차로 모셔다 드릴 수 있는데요. 물론 원래는 안 됩니다만…….”

“고맙지만 사양하겠소. 우리는 그렇게 친한 사이도 아니니까.”

그래서 시몬 폴트는 혼자 출발했다. 그러고는 다시 한 번 백미러로 쳐다보다가 잠시 후 브레이크를 밟았다. 프리드리히 쿠르츠바허가 압착장 앞에 서 있는 것이 보였기 때문이다. “어이, 프리드리히! 방금 스텝스키 씨와 이야기를 했지.”

“저런. 그 이상한 늙은이가 뭐라던가?”

“내가 자네를 도와야 한다더군.”

“도와? 나를? 아무도 날 도울 수 없어.” 쿠르츠바허가 웃었다. 두꺼운 안경 뒤에서 그의 두 눈이 빛났다.

## 아주 오래된 지하실의 수수께끼

다음 날은 잿빛 안개가 낀 차가운 일요일이었다. 바람
이 불쾌한 휘파람 소리를 냈다. 비번인 폴트는 식사를
하기 위해 서둘렀다. 예배는 이미 끝나 있었다. 커다란
탁자에는 나이 든 농부들이 둘러앉아 있었다. 경위가 들
어가자, 대화가 잦아들었다. 그들과 함께 앉아 있던 프
란츠 그라이스가 일어나 데스크 뒤로 갔다.

"안녕하십니까, 경위님. 무엇을 드릴까요?"

"맥주, 작은 잔으로."

주인은 손님에게 가득 찬 맥주잔을 내밀고는 부엌으로
갔다. 폴트는 주위를 돌아보았다. 놀랍게도 브루노 바르
틀이 기분 좋은 표정으로 반쯤 마신 와인 잔을 앞에 두고

앉아 있었다. 머리에 감은 하얀 붕대에는 이미 얼룩 몇 개가 있었다. 그 외에도 그는 병원의 청결함과는 거리가 멀었다. 폴트는 반가워서 다가가 그의 곁에 앉았다. "다시 한 번 모든 게 잘되었네, 친구. 어떤가?"

"아, 네." 바르틀은 고개를 끄덕이면서 사방을 둘러보았다.

"무슨 일인가?"

"제게 무슨 일이 있겠습니까, 경위님. 전 자주 와인 저장고에서 얼쩡거리는걸요."

"알겠네."

바르틀은 입을 다물었다. 얼마 후 폴트는 손으로 이마를 쳤다. "그렇군. 자네가 날 위해 이 사건에 관한 소문을 수집한다고 사람들이 믿으면 안 되겠지, 그렇지 않은가?" 바르틀은 마치 매를 기다리는 개처럼 경위를 아래에서 쳐다보았다. "자네 시각에서는 자네가 옳아, 친구. 그럼."

폴트는 일어나 데스크로 가서 레드와인 큰 잔을 주문한 팔렌을 발견했다.

"좋은 아침입니다, 수사관님." 팔렌은 잔을 들었다. "절 마비시키기 위한 겁니다." 그러고는 그는 바르틀을 건너다보았다. "플로리안은 정말 바보입니다. 그의 결혼

212

생활이 문제가 된 거지요, 아닙니까?"

"네."

"기이하군. 그가 살면서 유일하게 제대로 된 이유로 한 행동이 범죄라니."

폴트는 맥주를 한 번 들이켰다. "부르크하임에는 며칠 머무르실 거죠?"

"물론입니다. 그레테 하안은 제가 스보보다의 집에 머무는 것을 허락했습니다. 그리고 제가 대기하고 있는 게 낫다고 생각했습니다."

"그렇군요. 그럼 좋은 하루 되시오." 폴트는 검지로 와인 잔을 튕겼다. "그렇다고 도를 넘지는 마시오."

그가 단골들의 탁자를 지나 술집을 떠나려고 했을 때 나이 든 페르디난트 삼머가 그에게 말을 걸었다. "집을 지으시려고요, 경위님?"

폴트는 멈춰 섰다. "왜 그런 말을 하죠?"

"아니, 저기 저 사람과 잘 지내니까요." 그는 턱으로 데스크 쪽을 가리켰다.

폴트는 웃으면서 밖으로 나가 얼굴에 얼음처럼 차가운 바람을 맞았다. 그는 의기소침해져서 부르크하임의 켈러가세로 갔다. 휠렌바우어의 포도 압착장 문이 열려 있는 것을 보고, 그제야 그의 기분이 한결 나아졌다. 휠렌바우어는 스티로폼으로 작은 창문을 막는 일을 하고 있었다.

"안녕, 시몬. 곧 겨울이야. 겨울에는 할 일이 없지. 자, 이제 다 되었네. 우리 지하실로 갈까?"

"좋아."

커다란 지하실 통로의 마지막 둥근 천장 아래 작은 탁자가 놓여 있었다. 시몬 폴트는 하얀 쪽지가 놓여 있는 것을 보고 호기심에 그것을 집어 들었다. 몇 개의 선으로 대충 그린 사람 모양이었다.

"이게 뭔가, 에른스트?"

"자네가 그걸 모르다니 놀랍군. 아주 오래된 지하실의 수수께끼지. 그 그림에서 카를과 프란츠를 찾아보게나."

"뭐라고?" 폴트가 오랫동안 곰곰이 생각에 잠겼다. "난 그런 일에는 재주가 없다는 생각이 드는데."

"그렇지 않아. 자넨 너무 복잡하게 생각할 뿐이야. 농부라면 그런 것은 쳐다보자마자 보이는 대로 그냥 말해 버리거든."

"흠." 폴트는 형체들의 차이에 집중했다. "그러니까, 순서대로, 이건 크고, 이건 작고, 이건 머리칼이 있고,

이건 없고."

휠렌바우어가 용기를 주려는 듯 고개를 끄덕였다. "그렇게 말하니까 운율이 맞는데? 계속해봐."

"저건 머리칼이 있고 저건 없고, 저건 반이고 저건 온전하고."

"좋아!" 폴트의 친구는 마지막 두 개의 그림을 가리켰다. "이건 카를이고 이게 프란츠야."

"나쁘지 않군. 그런데 난 이 그림과 친해질 수가 없군. 내 수수께끼와는 들어맞는 게 전혀 없어."

"아직 자세히 보지 않은 게지."

"그럴 수도 있지. 그런데 그것은 브룬도르프의 와인 농가들과의 심각한 대립을 의미하지. 경작자들은 날이 갈수록 더 분명하게 내 코앞에서 저장고 문을 닫아버려. 어떤 사람은 부드럽게, 어떤 사람은 덜 부드럽게."

"그럼 그들은 뭔가를 아는 거군."

"물론. 그들은 누군가를 감싸주려고 하는 것 같아."

"그러니까 그들 중 한 사람, 분명 스보보다나 공학석사 같은 사람이나, 마이크 하클처럼 사나운 개도 아니겠지."

"자네 말이 맞아. 난 그런 일은 반은 살인일 수 있다고 생각했네. 내 말은, 처음부터 악의적인 계획은 아니었고, 약간 돕기는 했으나, 돌이키기에는 너무 늦었겠지."

"논리적으로 들리는군. 시몬, 그러나 그건 우리에게는 맞지 않잖아. 이 근방의 포도 재배 농부들은 누구도 이웃을 곤경에 처하도록 내버려두지 않아. 그것은 마을이 자신의 힘으로 위험한 국경 지역에서 살아남아야 했던 때부터 내려오는 유산이야. 이웃 사랑과는 상관없어. 그것이 이곳 법이야. 그건 그렇다 치고, 뭐 좀 마실 텐가?"

"아니. 그럴 기분이 아니군. 이상해. 자네 눈에도 이미 띄었나? 이런 지하실은 그게 그거 같거든. 그런데 자네가 있으면 분위기가 달라져. 반갑게 맞거나 유혹하기도 하고, 신경도 쓰지 않고 내버려두기도 하거든."

"철학자가 되어도 괜찮을 뻔했군, 시몬."

"그 말도 지금은 위로가 되지 않아."

"오늘은 무슨 계획이 있나?"

"원래는 할 일이 많았는데, 막상 아무 일도 없네. 에리카에게 안부 전해주게."

폴트는 천천히, 조금은 평소보다 덜 조심스럽게 많은 계단을 올라갔다. 그리고 부르크하임으로 돌아갔다. 그는 교회 옆 음식점 근처에서 멀찍이 순찰차와 두 명의 경찰이 서 있는 것을 보고는 그곳으로 달려갔다. 아스팔트 위의 분필 표시를 보고 숨 가쁘게 무슨 일인지 물었다.

"팔렌이 샤힝어의 차에 뛰어들었대."

"그래서?"

"그다지 심각하지는 않아, 다행이지. 아이히호른 박사가 팔렌을 스보보다의 집으로 데려갔어. 요셉 샤힝어는 지금 경찰서에 있고."

"내가 우선 팔렌과 이야기를 나누어도 될까?"

"그러게, 시몬, 근무 끝나고. 나중에 당직실에서 우리에게 이야기해줘, 알았지?"

큰 걸음으로 폴트는 경작지에 있는 집으로 갔다. 정원의 문과 현관문은 잠겨 있지 않았다. 거실에는 팔렌이 침대용 소파에 누워 있었고, 아이히호른 박사는 그의 낡은 진료가방을 닫으려 하고 있었다. 박사가 잠깐 올려다보았다. "안녕, 시몬. 오늘 비번인가?"

"네. 보시다시피. 저 사람은 무슨 일인가요?"

"박을 수 있는 곳은 다 박았어. 부러진 곳은 없고 귀한 머리도 다치지 않았네."

팔렌은 힘겹게 머리를 들었다. "박사님의 아이러니한 말씀이 정말로 맞아요. 나는 대학교육을 받은 우스꽝스런 사람으로 변해가고 있어요."

폴트가 가까이 다가갔다. "공학석사 양반, 당신은 나를 참으로 힘들게 하는군. 그게 하필이면 요셉 샤힝어의 차여야 한단 말이오?"

팔렌은 놀라서 쳐다보았다. "요셉 샤힝어? 난 그런 이름을 몰라요. 들어본 적도 없어요."

"그의 아들 이야기도요? 알베르트 하얀이 그의 아들을 지하실로 끌고 갔잖아요?"

"그에 관해서는 플로리안이 이야기했었어요. 그렇지만 그 이름은 잊어버렸지요."

"사고는 어떻게 해서 일어난 겁니까?"

"간단히 말할 수가 없네요, 경위님. 나는 처음으로 음식점에서 계속 마셨어요. 다 합해서 1리터. 그러고는 집으로 가는데, 도로를 건너면서 주의를 기울이지 않았던 거죠. 마지막 순간에야 코앞에 있는 차가 보이더군요."

"그래서 그대로 서 있든지 튕겨져나갈 수도 있었겠네요?"

"아마도, 네. 그런데 그 순간 어떤 미친 생각이 떠오르더니 내게 말하더군요. 왜 못 해? 그래서 계속 갔지요."

"나중에 그것에 관한 보고서에 서명하겠습니까?"

"물론이죠."

아이히호른 박사는 침대용 소파 옆에 있는 작은 유리 탁자에 글씨가 잔뜩 쓰인 처방전을 놓았다. "그럴 것 같지는 않지만 필요하면, 공학석사 양반, 내게 전화를 하십시오. 그리고 앞으로 그런 행동은 삼가야 합니다. 안

그러면 당신이 생각하는 것보다 더 빨리 관 속에 들어갈
겁니다.”

팔렌은 고개를 끄덕였다. “전 어떤 것도 제대로 끝을
맺어본 적이 없어요.”


시몬 폴트는 팔렌이 경찰서로 와서 간단히 설명하는
것을 보았다. 그리고 혼란스러워하며 화가 나서 안을 들
여다보는 요셉 샤힝어에게로 갔다.

“아, 폴트 경위님! 경위님이 바라는 대로 여기에 왔습
니다. 그렇죠?”

“무슨 말씀인지?” 폴트는 앉았다. “당신은 이 마을에서
예외적으로 딱 한 번 빨리 나타나지 않았소. 게다가 공학
석사 팔렌은 순전히 의도적으로 당신의 차로 뛰어들었다
고 이미 말했소. 삶이 지겨워서요. 이해하시겠어요?”

“제기랄, 물론 압니다.” 샤힝어가 말했다. “그렇지만
왜 하필 내 차냔 말입니다. 그것만도 정말 이상한 우연
이잖아요. 그렇게 생각하지 않습니까?”

“물론, 그렇습니다. 그에 관해서는 우리 모두 조금 생
각을 해봅시다. 한 번쯤 다시 보겠지요, 켈러가세에서?”

“그럴 것 같지 않은데요.” 샤힝어가 내뱉었다. “당신
이 오면 난 외면할 거요.”

# 궁지에 몰린 폴트

경찰서 경위, 폴트는 항상 시장에 대해 커다란 존경심을 갖고 있었다. 어렸을 때, 모든 일상적인 것에서 벗어난 남자들, 쉽게 말하지 않고 연설을 하거나 높은 권력의 대표자로 등장하던 신부님 같은 사람들은 폴트에게 중요한 사람으로 보였다. 물론 나중에 실망감으로 신앙심이 사그라졌을 때에도, 이전에 평범한 사람도 자신에게 주어진 일과 함께 커나갈 수 있다는 것을 확신하고 있었다. 따라서 부르크하임의 시장, 그레고르 만틀러가 경찰서로 전화를 해서 애정을 갖고 자신에게 잠깐 허물없이 시장의 집무실에서 이야기를 나눌 수 있을지 물었을 때, 그는 유난히 공손하게 굴었다.

몇 시간 후 경위는 비서에 의해 친절하게 시장의 집무실로 안내되었다. 그는 사실 두통 때문에 약간 기분이 좋지 않았다.

"친애하는 경위, 앉으시오!" 시장은 편안해 보이는 의자들을 가리켰다. "커피? 생수?" 그는 익살스럽게 웃었다. "아니면 와인 한 잔?"

"커피요."

"그럼, 시작하죠……. 여기 우리만 있는데, 솔직히 말해도 될까요?"

폴트는 기분이 좋아졌고 고개를 끄덕였다.

"좋은 경찰로서 당신은 나와 브룬도르프의 시장 사이에, 그러니까 분명한 의견 차이가 있다는 것을 잘 알 겁니다."

폴트도 학창시절 친구인 두 사람이 몇 년 전부터 풀 수 없는 인생의 적이 되어 서로를 힘들게 하고 있다는 것을 알고 있었다. 그는 만족해서 애매모호한 손짓을 하며 귀 기울여 들었다.

"당신은 믿지 못할 겁니다. 하지만 며칠 전 그 소중한 친구가 저를 방문했지요."

경찰관은 놀라서 머리를 들었다. "무슨 일로요?"

"모르겠습니까?"

"혹시 알베르트 하안 때문에?"

"브라보. 네, 저도 몇 가지 언질을 드릴 수 있습니다. 나는 당신의 수사에 대해 한없는 경의를 표합니다. 맙소사, 이 플로리안 스보보다가 엄청난 행동으로 우리 모두를 얼마나 조마조마하게 했는지를 생각해보면……. 저도 한 번 그의 압착장으로 테이스팅 초대를 받았었답니다. 그때도 정말 희귀한 와인들이 있었지요. 그래서 말입니다만, 솔직히 저는 하안 씨가 죽음으로써 브룬도르프의 켈러가세를 휴양지로 만들자는 계획도 무산되어 정말 마음이 놓입니다. 그것은 다 제 동료의 책임이었지요. 당신은 지금도 살인 사건 조사를 하고 계시죠?"

폴트 경위는 귀가 쫑긋해졌다. "네, 우리는 지금 사실 관계가 필요하거든요."

"당신의 의심에 혹시 확증이라도 있습니까? 이렇게 공개적으로 물어서 미안합니다만, 물론 대답을 하지 않아도 됩니다."

"왜요? 그것이 사고가 아니라는 수많은 간접증거들이 있습니다. 그렇지만 직접적인 증거는 없습니다."

"그리고 유력한 용의자도 없습니까?"

"크라트키 수사관은 스보보다 씨를 용의자로 생각합니다만, 전 아직 용의자를 찾지 못했습니다."

시장은 등을 뒤로 기대고 말했다. "보세요, 친애하는 경위님. 바로 거기에 문제가 있습니다. 몇 주 전부터 당신의 의심 때문에 당신과 여러 사람이 수많은 사람들에게 압력을 가했습니다. 용서하십시오, 이 시점에서 제가 경찰이 아닌 시장으로서 말하는 것을. 이상하게 들리겠지만, 나는 이 사건에 관해서 브룬도르프에 있는 내 친구가 어쩐지 이해가 갑니다."

폴트는 열기가 치밀어 올라오는 것이 느껴졌다. "그분이 뭐라고 했습니까?"

"그 말을 그대로 옮겨도 마음 상하지 않겠습니까?"

"물론이죠!"

"경찰 한 사람의 명예욕과 허영심이 평화로운 마을을 불안과 견딜 수 없는 긴장 속으로 내몰아도 되는지 알고 싶다고요."

폴트는 얼굴이 달아오르는 것을 느꼈다. "아, 그렇군요." 그는 당황해서 말을 시작했다. "명예욕은 어느 정도는 맞는 말입니다. 만약 범인이 있다면 저는 그를 찾기 위해 제가 할 바를 해야겠지요. 그렇지 않다면 저는 직업을 잘못 찾은 것이지요."

"만약 범인이 없다면?"

"그럼 정황을 밝혀내서 모든 사람이 걱정 없이 모든

의심에서 벗어나 자유롭게 살 수 있도록 해야지요.”

“그런데도 계속 의문이 남아 있다면.”

“그 말은 또 무슨 말입니까?”

“우리 알베르트 하안의 지하실 이웃, 프리드리히 쿠르츠바허와 카를 브룬너를 봅시다.”

“스보보다 씨도 제외해서는 안 됩니다.”

“물론이죠. 지적에 감사드립니다. 그럼 빈 사람과 두 명의 정직한 와인 제조자가 의심을 받고 살아야 하는군요. 그 사람들이 발효 가스로 죽게 어느 정도 도왔을 수도 있어요. 단순한 사람들이 아주 멍청한 생각을 할 수도 있으니까요.”

“그에 관해서도 고려해보았습니다.” 시몬 폴트는 시장의 커다란 두 손을 보았다. ‘좀 가늘었더라면 더 마음에 들었을 텐데, 가느다란 피아니스트의 손가락처럼.’

“시장님, 모든 사람에게 이 사건은 이미 오래전에 지나간 일입니다. 만약 켈러가세에 이렇게 얽히고설킨 비밀들이 없었다면 말입니다. 이건 물론 샤힝어와 볼핑어 그리고 다른 이들에게도 해당되는 것입니다. 숨길 것이 없다면서, 왜 그렇게 방어벽을 쌓는 걸까요?”

“아마도 당신의 호기심에 대한 순수한 반항심 때문이 아닐까요?”

폴트는 고개를 기울였다. "그것도 배제할 수는 없지요."

"보시오." 시장은 일어서서 몇 걸음을 걸어갔다. "우리가 서로 잘 이해하기 위해서요. 난 어떠한 방식으로든 당신에게 지시를 내릴 권한이 없어요. 좋은 충고를 할 입장도 아닙니다. 게다가 나는 사랑스러운 평화를 위해 모든 것을 그대로 덮어두어서는 안 된다는 당신의 의견에 동감하오. 그러나 시장으로서 내 입장은, 불확실한, 이렇게 좋지 않은 시기가 영원히 지속되어서는 안 된다는 것이오. 거기에 동의합니까?"

"개인적으로는 동의합니다. 하지만 조사를 하거나 끝내는 것은 제게 달린 것이 아닙니다."

"압니다. 그러나 우리 두 사람은 시골에서는 시간의 흐름이 다르다는 것을 알고 있지 않소. 맙소사, 당신도 자신의 고집을 알고 있을 거요. 조사를 하다 보면 사건을 종결지을 무언가가 나올 겁니다."

"아마도요." 폴트가 불만스럽게 대답했다. 그는 일어서서 시장의 얼굴을 쳐다보았다. "나는 단지 그것을 찾아내지 못했을 뿐입니다."

"이제 풀 죽지 마시오. 난 단지 당신이 사건을 다른 각도에서 보길 원합니다."

"네, 물론이죠."

"그리고 또 한 가지." 시장은 그의 책상으로 돌아갔다. "지원이 필요하면 기꺼이 도와드리지요."

"감사합니다." 폴트가 말했다. 두 사람은 서로 악수를 하고 경위는 경찰서로 돌아갔다.

"무슨 일이야?" 상관이 물었다.

"도덕이라는 옷을 입은 주먹질이죠. 충분히 그리고 매우 고통스럽네요."

"원래 그건 내 일인데."

"그렇지만도 않아요. 시장의 말은 모두 옳아요. 1시간 정도 쉬어도 될까요?"

"화장실로 기어들어가서 울음만 터뜨리지 않는다면 그러게."

"아뇨, 단지 생각을 좀 하려고요."

"그럼 내 사무실로 가게. 그곳에서는 방해받지 않을 거야."

시몬 폴트는 사무실로 가서 문을 닫고 처음으로 오랫동안 창밖을 내다보았다. 그러고는 전화번호부에서 교사, 카린 발터의 번호를 찾아 걸었다. 마침 운이 좋았다. 그녀는 집에 있었던 것이다. "시몬 폴트입니다."

"어머나. 이 전화는 기대하지 않았는데요."

"간단히 말하겠습니다. 부탁드릴 일이 있어서요."

“물론이죠.”

“전 두 번째 머리가 필요합니다.”

“다음 사육절에 야누스로 등장하시게요?”

“아니, 무슨 사육절이요. 우리는 같이 머리를 짜내야 한다는 겁니다. 심각하게.”

“그럼, 어서 저희 집으로 오세요. 주소는 아시죠?”

“브룬도르프 힌트아우스가세, 맞죠?”

“네. 문 앞에 겨우살이 장식이 있는 작은 집이에요. 벌써 크리스마스 분위기가 나거든요.”

“네? 전혀 보지 못했는데요. 그럼 곧 봅시다.”

폴트는 급히 혼자 있던 사무실에서 나왔다. “카린 발터 양의 집에 갑니다. 용무가 있어서.” 그는 하랄드 망크와 마주치자 말했다.

서장은 멈칫했다. “용무? 알았네.”


폴트는 노크할 필요가 없었다. 문 앞에 서자마자 문이 열렸다. “부엌 창문으로 오는 것을 보았어요. 들어오세요. 마실 것 좀 드릴까요?”

“지금 가슴 위에 무거운 돌덩이가 있어요.” 폴트가 무겁게 말했다. 그는 천으로 만든 의자에 털썩 앉았고, 카린 발터가 그 옆에 자리 잡았다.

“항상 이 알베르트 하안이 문제군요, 그렇죠?”

“네. 난 막다른 골목에 몰렸어요. 오늘은 시장이 애정이 담긴 말투로 단호하게 말하더군요. 내가 그렇게 사건을 끌면 안 된다고.”

“시장이 이전에 교사였다는 것을 알 겁니다. 이야기해 보세요! 아니, 말해봐, 내 이름은 카린.”

“그래.” 폴트가 두서없이 중얼거렸다. “난 시몬. 사건은 이래. 난 알베르트 하안의 죽음이 사고가 아니라는 걸 확신해.”

“고정관념은 아니고?”

“아니, 근거 있는 확신이야.”

“그럼 어떻게 일어난 일일까?”

“누군가 의도적으로 알베르트 하안의 지하실에 가스를 들여보냈어. 물론 제일 먼저 이웃한 사람들을 생각해봐야겠지.”

“그럼 왜 그들과 그에 관해 이야기하지 않아?”

“그들은 나와 말을 하지 않아. 최소한 이 주제에 관해서는.”

“그렇지만 그 사람들이 정직한 사람들이라고 확신하잖아?”

“그렇지, 어떤 경우에도.”

카린 발터는 엄지와 검지 사이로 턱을 괴었다. 폴트는 방해받지 않고 그녀가 생각하게 내버려두었다. "알아?" 그녀가 마침내 말을 했다. "국가고시에 붙은 여교사도 때로는 나쁜 트릭을 쓰거든. 경찰관은 왜 안 돼?"

"말해봐."

"당신이 정직한 사람들에게 압력을 행사하려면, 그들이 자신들의 체면 때문에 무릎 꿇게 만들기만 하면 되는 거야."

"이해가 안 되는데."

"분명해, 당신도 남자야. 그러니까 우리는 플로리안 스보보다를 고소할 간접증거가 충분하다는 소문을 퍼뜨리는 거야. 지금껏 진짜 범인을 덮어주었던 모든 점잖은 사람은 양심의 가책을 느낄 테고, 진실만이 갈등을 풀 수 있는 거야."

"저런, 교활하고 잔인하군."

"내 아이디어야. 믿을 만하고 강력하게 소문을 퍼뜨릴 사람을 알아?"

"그래. 마을에 가게를 갖고 있는 알로이지아 하베잠이지. 그 여자는 뭐든 알려고 하고 말이 많거든."

"좋아. 그건 나도 생각해낼 수 있었는데."

폴트에게 그 일은 부끄러운 일이었다. "그 여자와 이

야기를 해야 할까?”

“아니, 그건 내가 할게. 물론 당신에 대해 내가 하는 말은 여자의 기지와 술수로 과장될 거야. 그래야 당신의 명성도 나빠지지 않고, 하베잠 부인이 믿겠지. 그래, 그리고 당신은 다시 칼자루를 쥐는 거야, 시몬. 쉽지는 않을 거야.” 그녀는 일어서더니 현관으로 가서 붉은색 두꺼운 외투를 입었다. “곧 일을 시작해야지. 그럼 좀 있다 봐!”

“그래.”

그들은 집을 나섰다. 시몬 폴트는 카린이 골목에서 사라지는 것을 보고는 생각을 정리하려 했다. 속담대로 말로 받기 위해 되로 주는 것이다. 일을 망치면 그건 그의 문제인 것이다.

폴트는 갑자기 멈추었다. 뭔가 떠올랐기 때문이다. 시몬과 카린. 도대체 무슨 일이 있었던 거지?

# 영웅 놀이

폴트는 자신의 계략에 대해 상관에게 직접 말하지 않을 수 없었다. 하랄드 망크는 회의적으로 고개를 기울였다. "공식적으로 난 그에 관해 알고 싶지 않네, 시몬. 자네 혼자 책임을 지게. 여자들이 어떤 능력이 있는지 여기서도 알게 되는군."

최소한 소문으로는 하안의 사건이 거의 종결된 다음 날, 폴트는 브룬도르프의 켈러가세에 모습을 드러내길 피했다. 친구인 프리드리히 쿠르츠바허만 방문했는데 그것은 그가 평소에 하던 일이었기 때문이다. 그들은 평소와 마찬가지로 이것저것에 관해 이야기를 나누었다. 시몬 폴트는 알베르트 하안이 이젠 프리드리히의 관심

밖이라는 것을 믿게 되었다. 그러던 어느 날, 폴트가 가려고 하자, 나이 든 포도 재배자, 쿠르츠바허가 그의 소매를 붙들었다.

"잊기 전에, 시몬. 오늘 저녁에 몇 사람이 지하 저장고에서 모일 거야. 자네도 초대할게."

"그래, 좋아." 경위는 갑자기 몸이 얼어붙었다.


시몬 폴트가 프리드리히 쿠르츠바허의 포도 압착장 앞 커다란 호두나무 둥치에 자전거를 기대어 놓을 때는 어두워진 지 한참 되어서였다. 문은 한 뼘 정도 열려 있었다. 그는 들어가서 다시 지하 저장고의 문이 열려 있는 것을 보고 아래로 내려갔다. 몇 주 전 플로리안 스보보다가 자신의 늘어만 가는 절망을 술로 없애기 위해 앉아 있던 작고 둥근 탁자 주위에는 프리드리히 쿠르츠바허, 크리스티안 볼핑어, 카를 브룬너와 요셉 샤힝어가 서 있었다. "안녕하십니까." 폴트가 말했고 네 사람도 인사를 했다.

쿠르츠바허는 빛을 향해 잔을 들었다. "1월에는 필터링을 해야겠어. 벌써 와인이 떨어져가거든. 뭘 마시겠나, 시몬?"

"여러분이 마시는 걸로."

"그럼 녹색으로." 잠시 후 쿠르츠바허는 가득 찬 사이펀을 갖고 돌아와 잔을 채웠다.

"일은 어떤가요, 수사관님?" 크리스티안 볼핑어가 가볍게 물었다. "다 잘되어 가나요?"

"마침내, 거의." 폴트가 말했다.

"스보보다 씨의 책임이 되는 건가요?"

"그래요, 그의 상황은 그다지 좋지 않아요."

볼핑어는 웃었다. "그럼 우리의 브루노 바르틀은 다시 기분이 좋겠군요. 그때는 대체 어떻게 된 거죠?"

폴트가 설명을 해주었다.

그때 요셉 샤힝어가 끼어들었다. "왜냐고 물어도 될까요? 내 말은 바르틀은 피해를 주지 않는 술주정뱅이란 거죠. 그러니까 단순히 살의를 갖고 그를 때린 겁니다."

시몬 폴트는 조심스럽게 한 모금을 마셨다. 그러고 나서 스보보다와 하안 부인과의 관계에 대해, 그리고 바르틀이 너무 많은 것을 알고 있는 것 같아 두려워했다고 말했다.

볼핑어는 폴트를 가로막았다. "그것은 그놈한테는 아무런 상관도 없었을 겁니다. 그자에게는 뭔가를 숨기는 것쯤이야 별로 힘들지도 않았잖아요."

"맞소. 그렇지만 예외도 있어요. 플로리안 스보보다는

부인이 있는데, 내가 알기론 이름이 브리기테요. 하여간 그는 빕시라고 부르더군요.”

“나도 그 괴물을 알아요.” 볼핑어는 경멸하는 웃음을 지었다. “매우 뚱뚱하지요.”

폴트는 고개를 끄덕였다. “네. 그녀요. 그렇지만 그 역겨운 떠버리와 뚱뚱한 괴물은 서로 끔찍이 좋아해요.”

“정말요?” 볼핑어의 얼굴은 믿기지 않는다는 듯 놀라움을 드러냈다.

“사실이죠. 가정부로 일을 하면서 최소한의 돈을 벌고 있고, 가능한 한 감옥에 있는 불행한 플로리안을 자주 찾아간다는군요. 스보보다는 바르틀 때문에 자신과 하안 부인에 관해 빕시가 뭔가를 들을까 봐 겁먹었어요.”

“난 그 인간을 이해 못 하겠어요.” 요셉 샤힝어가 끼어들었다.

“그래요, 저라고 이해하겠습니까?” 폴트는 빈 잔을 단호하게 탁자에 내려놓았다. “그는 창부예요. 알베르트 하안의 돈을 위해서라면 뭐든 했어요, 정말 모든 걸. 그러고는 뚱뚱하긴 하지만 성실한 아내의 모습 속에 남아 있는 마지막 평안함까지 잃을까 봐 두려워한 거죠.”

“그건 어떻게 알게 됐죠?” 샤힝어가 물었다. 마지못해 인정하는 듯 그의 목소리가 울렸다.

"더 쉬운 걸 물어보세요. 제 생각에, 전 운이 좋았고, 바로 알맞은 시간에 알맞은 장소에서 그를 붙잡은 거지요."

"그럼 알베르트 하안은 어떻게 해치웠대?" 쿠르츠바허가 알고 싶어했다.

폴트는 허물어진 벽돌과 하안 부인에게서 들은 이야기를 해주었다.

쿠르츠바허는 화가 나서 고개를 흔들었다. "모든 게 다 모략이야. 시몬."

"왜 그런 말을 하나, 프리드리히?"

"난 그가 하지 않았다는 걸 아니까."

"그럼 누군데?"

수초 간 쿠르츠바허의 두 눈이 단호하게 번득였다. 그는 다른 와인 제조자들에게 시선을 던지며 조용히 말했다. "이미 그에 관해 이야기하고 있지 않나." 그는 어떤 와인을 원하는지 묻지 않고 어두운 옆 통로에서 리슬링을 가지고 와서 조심스럽게 코르크를 땄다. 그리고는 큰 동작으로 약간의 와인을 모래 바닥에 부은 다음 잔에 가득 따랐다. "내 레드와인은 별로 특별하지 않아." 그는 샤힝어에게 몸을 돌리며 말했다. "그렇지만 저기 있는 것은 나아, 적어도 내 생각에는."

맛을 보고 샤힝어는 인정한다는 표정을 지었다. "아주 점잖군. 쿠르츠바허가 뭔가를 해냈군."

시몬 폴트는 불안해졌다. 걱정도 되었지만 호기심을 갖거나 몰아치려고 하지는 않았다. 그는 지금 막 묵시적으로 결속된 남자들의 지하 세계를 저주하려 했다.

저녁 내내 거의 말을 하지 않던 카를 브룬너가 마침내 말문을 열었다. "경위님은 개인적으로 알베르트 하안을 잘 알았습니까?"

"물론이죠. 샤힝어의 아들 사건이 일어났을 때 처음으로 심각한 대립이 있었지요. 알베르트 하안은 아이와 이야기를 하기 위해 지하실로 데려갔다고 주장했고, 폭력은 없었다고 강조했죠. 그러고는, 제게서 뭘 알고 싶으신 건지 모르겠습니다. 중요한 일은 지하 저장고에서 상의하지 않습니까, 라고 심술궂게 웃으며 말하더군요."

카를 브룬너는 한 모금 들이켜면서 테이스팅 잔을 비웠다. "하안이 우리 마을에 온 지 족히 10년이 되었군요. 아니지, 되돌아온 지 말입니다. 그는 이곳 출신이니까. 그렇지만 그의 아버지는 아들 때문에 걱정만 했고 아들이 빈으로 가려고 했을 때 기뻐했지요. 그곳에서 하안은 점차 돈을 모았고, 어떻게 모았는지는 내게 묻지 마시오. 그러고는 브룬도르프의 낡은 집을 고쳤고, 마치 사람들과 어울려 살 수 있을 듯이 보였지요. 나도 설명은 잘 못하겠지만, 거기에는 먹으면 동물들이 며칠 후 죽게 되는 쥐약이 있었어요. 심지어 교활한 쥐들도 독과 죽음이 서로 연관되어 있다는 것을 몰랐지요. 그런 독이 바로 알베르트 하안이었어요. 불행이란, 그게 언제 어떻게 해서 왔는지 아무도 알 수 없거든.”

“자네 아나, 시몬.” 쿠르츠바허가 말했다. “누군가 목을 매 자살했다거나, 아이 하나가 그자의 엄포를 믿어야 했거나, 그래서 떠도는 이야기들 때문만이 아니라, 그자는 오래전부터 서로 잘 아는 이웃 간에 싸움을 붙일 수만 있으면, 그것으로 만족해했지. 그자는 차츰차츰 마을을 망쳐갔어.”

시몬 폴트는 참을성 없이 말했다. “대충은 나도 그렇게 생각했어. 그래서?”

크리스티안 볼핑어는 힘차게 작은 윗입술의 수염을 쓰다듬었다. “그래서? 아주 간단해요. 약 1년 전에 우리는 지금처럼 저장고에 나란히 앉아 있었어요. 그 직전에 그 아이 사건이 있었지요. 아이의 아버지, 샤힝어는 당시 걱정과 분노로 정신이 나가 있었어요. 그리고 바로 그날 저녁 그는 소리 질렀어요, 망치로 하안의 머리를 날려버리겠다고. 자네 말이 맞아, 라고 나도 그때 말했지요. 그리고 하안은 없어져야 한다고. 그것은 우리 모두와 관계 있는 일이라고. 그러고는 우리는 어떤 일을 할 수 있을지 오랫동안 이야기를 했지요. 그래서 발효 가스를 생각해낸 겁니다. 누구의 손을 더럽힐 필요가 없고 모두들 사고라고 생각할 테니까."

"그게 와인 농부가 생각해낼 수 있는 일인가?" 폴트가 기계적으로 물었다.

"아니. 그렇지만 알베르트 하안에게는 어울리는 것이야."

시몬 폴트는 생각하기를 거부하고 단지 묻기만 했다.

"그 의미는?"

프리드리히 쿠르츠바허는 그의 얼굴을 쳐다보았다. 안경 뒤로 두 눈이 다시 번득였다. "그 말은, 그러니까 우리가 그를 죽였어, 우리 네 사람, 모두가 함께."

## 카를 브룬너의 자백

시몬 폴트는 자신에게 독특한 특성이 있다는 것을 알고 있었다. 그 특성은 자신이 통제할 수 없는 상황에 작동했다. 그런 경우에는 어떤 무엇인가가 그로 하여금 정확하게 논리적으로 그리고 조심스럽게 행동하도록 했고 머릿속의 혼란은 없애도록 강요했다.

먼저 그는 말없이 몸을 돌려 오크통들 쪽으로 가서 그의 머리를 차갑고 젖은 나무에 눌렀다. 그리고 기운을 차리고 나서 기다리고 서 있는 남자들을 건너다보았다. "지금 무슨 말을 하고 있는지 아는 건가요?" 그들은 조심스럽게 고개를 끄덕였다. "결국 누가 한 짓인지 내게 말해주지 않는 겁니까?"

요셉 샤힝어는 다시 화를 냈다. "그건 아무 상관이 없어요. 우리는 함께 모든 것을 생각해냈고, 때가 되자 서로 합심했어요."

"그러니까 알겠지, 시몬." 쿠르츠바허가 말했다. "이제 어떻게 되는 거지?"

"생각을 좀 해봐야겠어. 내일 다시 한 번 당신들과 한 사람씩 이야기를 해봐야겠군. 낮에는 모든 것이 달라 보이니까."

"그래도 아무것도 달라지지 않을 거야."

"그럴 수도 있지. 그렇지만 우선 아무와도 그에 관해서는 말하지 말게나, 집에서도." 다들 고개를 끄덕였다.

"그럼 난 지금 갈게."

"좋아, 시몬." 쿠르츠바허는 탁자에 놓인 와인 사이펀을 들고 그것을 가지런히 저장고 벽의 못에 걸었다. "우리 모두 가지." 그는 폴트를 쳐다보았다. "얼굴을 좀 닦게, 오크통 때문에 지저분해졌어."

자정이 조금 지나 경위는 집으로 왔다. 체르노호르스키는 그에게 불안한 눈초리를 던지고 조용히 야옹거리면서 어두운 구석으로 달려갔다. 시몬 폴트는 옷을 벗고 침대에 누워 곧 잠이 들었다.

6시경 그는 잠에서 깼다. 누워 있는 게 별 의미가 없었다. 집을 나서자, 아직도 어두웠다. 어제 일에 대한 생각은 접어두고 켈러가세를 등지고, 그는 큰 걸음으로 들판 사이의 평평한 길을 돌아다녔다. 족히 2시간 후에 그는 집으로 돌아왔다. 근무가 없는 날이어서 커피를 마신 후 자전거를 타고 브룬도르프로 갔다.

크리스티안 볼핑어의 집은 마을 입구에 있었다. 그러나 다른 농장과 나란히 있지 않고, 도로에서 약간 들어가 있어서 앞쪽 공간에 작은 정원이 있었다. 현관문은 열려 있었다. 경위는 혼자 사는 볼핑어가 아침 식사를 하고 있는 것을 발견했다. "좋은 아침, 뭐 좀 드실래요?"

"아니, 괜찮아요, 이미 먹었어요."

볼핑어는 왕성한 식욕으로 버터 바른 빵을 베어 물었다. "내가 다시 이 좋은 것을 먹을 수 있을지, 누가 알겠어요."

폴트는 탁자에서 빵 부스러기를 닦았다. "당신들이 게임을 계속할 수 있을지 묻고 싶군요. 당신들은 나를 다룰 수 있지만, 검사들과 판사는 아니에요."

"우리는 그냥 진실만을 지킬 겁니다. 거기에 무슨 일이 일어나겠어요?"

"마지막에는 한 사람 대신 네 사람이 감옥에 앉아 있겠지요."

“그래요, 하안을 죽인 넷 모두 다.”

“아주 용감하게 들리는군요, 이론적으로는.”

“어떻게 될지 보세요. 들어봐요, 시몬, 아니면 경위님이라고 불러줄까요? 우리는 당신을 위해 자발적으로 일을 정리해주었어요. 그러니 그냥 당신의 의무를 다하고 우리를 내버려두시죠.”

“날 내쫓는 건가요?”

“물론 아니죠. 그렇지만 조용한 아침 식사를 좋아하거든요.”

프리드리히 쿠르츠바허도 집에 있었다. 그는 아내, 엘리자베트와 함께 부엌 식탁에 앉아 있었다. 그녀는 폴트의 방문을 반가워했다. “어머, 경위님!” 그녀는 서둘러 옆방으로 가서 접시에 크리스마스 쿠키를 가지고 돌아왔다.

“드세요, 이제 이걸 먹을 때죠.”

“아직은 아닌데요, 쿠르츠바허 부인.” 경위가 친절하게 말했다.

그녀의 남편은 재빨리 부엌 시계에 시선을 던졌다.

“아마 와인이 필요한가 보군, 시몬, 그렇지? 난 어차피 포도 압착장에 있을 거야, 11시경에.”

“좋아. 실례합니다, 쿠르츠바허 부인, 제가 바빠서 그만. 다음 번에는 굶주린 늑대처럼 부인이 구운 쿠키에 달려들게요."

"약속했어요."

"네."

요셉 샤힝어는 세 집 건너에 살고 있었다. 뜰의 문이 잠겨 있어서 폴트가 창문을 두드리자 곧 문이 열렸다. "제 남편은 아침을 먹고 곧장 지하 저장고로 갔어요." 샤힝어 부인이 경위를 보고 알려주었다. 그러고는 걱정되는 듯 내다보았다. "무슨 일이라도?"

"제가 제복 차림으로 온 게 아니지 않습니까?"라고 말하며 폴트는 서둘러 자전거에 올라탔다.

아직 겨울은 아니었다. 안개가 황량한 나무에 걸려 있었고, 습하고 찬 공기에서 부패한 풀 냄새가 났다. 농부 몇 명이 트랙터를 타고 이동 중이었고, 뒤에 단 트레일러에는 사료용 순무가 높이 쌓여 있었다. 브룬도르프와 켈러가세 사이에 있는 약간 오르막인 도로를 올라가자 폴트의 호흡이 빨라졌다.

요셉 샤힝어의 포도 압착장 문은 열려 있었다. "접니다, 시몬 폴트!"

"아니, 이렇게 놀라게 하다니!" 지하에서 소리가 울려 퍼졌다. 와인 제조자는 그동안 폴트가 잘 아는 레드와인을 각각 한 병씩 앞에 세워놓고 있었다. "난 당신이 나중에 올 걸로 생각했지요, 경위님. 그러면 최소한 난 제대로 취해 있을 텐데."

폴트가 그의 옆에 앉았다. "당신은 앞으로도 맑은 머리로 있어야 합니다."

"그런 좋은 충고를. 그리고 부르크하임은 새로운 경위를 필요로 합니다."

"당신은 아직도 나를 참을 수 없는 겁니까?"

"개인적인 감정은 없습니다. 난 단지 제복이 싫어요."

"지금 제복이 보입니까?"

"아뇨, 오늘은 민간인 복장이군요. 뭐 좀 마시겠습니까?"

"지금 그럴 기분이 사라졌습니다."

"이해를 못 하겠군요. 원하던 것을 얻지 않았습니까. 그것도 네 명이나."

폴트는 어떤 안전장치가 타서 없어지는 것을 느꼈다.

"제기랄, 아마도 당신 말이 맞겠지요. 그럼 그에 대해 건배합시다."

폴트는 지금까지 겪었던 중 가장 이상한 아침을 보내게 되었다. 두 남자는 말없이 와인을 마시기 시작했고, 곧 샤힝어는 자신이 저편, 체코에서 아내를 어떻게 알게 되었는지 이야기했다. 평상시에는 체코 사람들을 좋아하지 않던 그였다. 최근에 자신을 속이려던 자동차 판매상에 관해서, 그리고 마음먹고 갔던 휴가 여행에 관해서도 이야기했다. 휴가지는 와인이 넘쳐나는 스페인이었다. 어느새 폴트도 자신의 고양이 체르노호르스키와, 순전히 직업상 소중하게 생각하는 여교사에 관한 이야기를 하고 있었다. 시간이 한참 흐른 뒤에 그는 밖으로 나왔다. 그는 자전거를 끌고 프리드리히 쿠르츠바허의 켈러에 도착했다.

그의 친구는 포도 압착장 앞에 서 있었다. "어서 와, 시몬." 그는 말했다. "오후 3시인데, 자넨 벌써 취했군."

시몬 폴트는 말없이 앞을 똑바로 바라보았다. 쿠르츠바허는 그를 포도 압착장 안으로 밀어넣고 작은 상자로 가서는 통조림을 만지작거리며 열더니 탁자 위에 놓았다. "자, 먹게나. 정어리야. 기름지고 매콤해. 좀 나아질 거야."

폴트는 한 덩이를 먹고 나서 물었다. "그런데 자네가 없으면 누가 내게 정어리를 내놓겠나?"

쿠르츠바허는 한순간도 머뭇거리지 않았다. "내 제부, 오토, 자네도 알잖아. 모든 게 다 해결되었어, 친구."

"그리고 자네 아내는?"

"아마도 딸네로 갈 거야. 손자를 정말 좋아하거든."

천천히 폴트는 다시 생각을 제대로 할 수 있었다. "자네들 중 정말 누구인지 알아내기 위해 내가 고삐를 늦추지 않는다면?"

"그러면 아마 자네는 나라는 것을 알게 되겠지. 내가 가장 가깝고, 하안을 지옥으로 보낼 수많은 이유가 있으니까."

"그렇지만 자네는 아니잖아."

"그걸 어떻게 알지?"

"그럼 스텝스키 노인이 왜 내가 자네를 도와야 한다고 말하지? 내게 말해주지 않겠나?"

"그분은 하루가 길면 말씀이 많아져."

"내일 나는 다시 근무야. 보고서도 써야 하고. 게다가 자네들은 더 이상 내 담당이 아니야."

"그럼 정말 억센 사람들이 오는 건가?"

"이건 장난이 아니야, 프리드리히."

쿠르츠바허는 몇 초간 허공을 보았다.

"이제는 아무도 돌이킬 수 없어. 그리고 아무도 돌이키려 하지 않아."

"난 아직 브룬너와 이야기를 하고 싶은데."

"그렇게 해. 금방 브룬너를 그의 포도 압착장 앞에서

보았거든."

"그럼!" 폴트가 일어섰다. 몇 걸음 걸어가는데, 쿠르츠바허가 부르는 소리가 들렸다. "시몬!"

"어, 프리드리히?"

"술을 조심하게!" 폴트는 샤힝어의 저장고에서 마셨던 레드와인을 아직도 느끼고 있었다. 그러나 그것이 어쩐지 멀리 뒤에 남아 있는 것 같았다. 긴장이 늦추어지면 또다시 냉정하게 생각할 수 없을 것이다.

카를 브룬너는 넓은 저장고에 앉아 오크통을 씻느라 분주했다. 그는 폴트에게 친밀하게 고개를 끄덕였다. "이제는 이것도 더 이상 중요하지는 않겠지만, 원래 하던 일이라서요."

폴트는 주위를 둘러보았다. 잘 정돈된 크고 아름다운 지하 저장고, 이 남자를 위한 어두운 왕국. "이렇게 물어서 죄송합니다만, 결혼한 적이 없나요, 브룬너 씨?"

"네. 물론 하고 싶었지만 타이밍이 맞지 않더군요. 태어났을 때는 1차 대전이 발발했어요. 2차 대전 전에는 아무도 만나지 못했고, 그 후에는 더 이상 재미가 없더군요. 그리고 이렇게 나이를 먹었고요."

"알고 싶은데요, 알베르트 하안을 죽이고 싶어하던 네 사람 중에서 당신은 하안과 문제가 없었던 유일한 분이

지 않습니까?"

"맞아요."

"그럼 왜 그 일에 가담했지요?"

"지붕이 불에 타면 누군가는 꺼야 하죠. 그게 자신의 집이 아니더라도 말이죠, 경위님."

"이제 닥칠 일이 전혀 두렵지 않은 겁니까?"

"천재지변이나 아픈 돼지보다 두렵지 않아요."

"며칠 전 스텝스키 노인과 이야기를 나누었지요. 당신은 아무도 도울 필요가 없다고 하더군요."

"아마도 안젤름이 뭔가를 알 겁니다. 그 사람이 모르는 게 있나요."

"그분이 무엇을 알까요?"

"당신은 끈질긴 분이군요, 경위님. 난 몸이 아픈 사람이오. 암이죠, 아직 몇 달 정도는 살 겁니다. 그 이상은 아니지만."

폴트는 복부를 한 대 맞은 기분이었다. 브룬녀는 그를 향해 웃었다. "놀라지 마시오. 난 죽음과 잘 살 수 있어요. 그리고 지금 당신에게 할 말을 했으니, 다른 세 사람이 영웅 놀이를 하는 것은 바보짓이에요. 그중 두 사람은 집에 아내도 있고."

"그럼 당신 말은……."

“바로 그겁니다. 내 인생에서 더 이상 일어날 일은 없어요. 그러니 내가 닥트의 관을 알베르트 하안의 켈러로 향하는 연결 구멍에 꽂았고, 우리의 희생물이 올 때까지 지하에 발효 가스가 가득 차도록 했다오.”

“그러고는요?”

“쿠르츠바허가 내게로 달려와서 소리쳤어요. 아래에 그가 있어요. 우리가 그를 잡았어요! 하고 말이죠. 그래서 우리는 들여다보았죠. 그런데 뭔가 미친 일이 벌어졌어요. 우리는 미친 사람들처럼 하안을 돕기 위해 달려간 겁니다. 날 믿겠어요, 경위님? 만약 가능했다면 우리는 정말 그를 위로 데려왔을 겁니다. 우리는 그가 살 수 있도록 모든 것을 했어요.”

“그랬겠죠.” 폴트가 말했다. “누구라도 그렇게 지하에 그냥 놔두지 않았을 테죠.” 그는 머리를 기울이며 두 손으로 감쌌다.

“이제 모든 게 분명합니까?” 브룬너가 친절하게 물었다.

“그렇지 않습니다. 다른 세 사람은 그 안에 얽혀 있어요. 사주이건 방조이건 간에.”

“이해합니다.”

카를 브룬너는 수줍은 듯 폴트를 쳐다보았다.

“내일 이른 아침까지 시간을 주겠소? 내가 그 사람들

과 이야기를 해서 그 일을 바로잡지요."

"모르겠습니다." 폴트가 말했다.

카를 브룬너의 얼굴은 매우 평온해졌고, 그의 눈 주위에는 거의 알 수 없는 웃음이 번졌다. "시간이 무엇을 바꿀 수 있을까요?"

시몬 폴트는 아무 말 없이 손으로 노인의 어깨를 건드렸다. 그러곤 그에게 고개를 끄덕이고 돌아갔다.

밖은 정말 추웠다. 폴트는 갑자기 온몸에 두려움을 느꼈다. 아무런 장식이 없는 포도 압착장들이 마치 잊혀진 시대의 흉물처럼 서 있었다. 그는 눈과 입 모양의 작은 창문이 달린 문이 있는 포도 압착장의 단순한 형체에서 슬픔이 느껴졌다. 고대 세계에 속하는 이 분명한 형체에는 뭔가 단호한 것이 있었다.

집에 도착해서 폴트는 술을 마시기 시작했다. 그의 생각이 풍선처럼 부풀어서 터질 때까지 그리고 머릿속의 그림들이 흐릿한 색으로 흩어지기 전까지 말이다.

극적인 것은 없었다. 따뜻하고 부드럽고 숨 막히는 파도처럼 감정이 북받쳤다. 언제부터인지 그는 울기 시작했다, 조용히 포기한 듯. 그는 얼굴에서 흐르는 눈물을 느끼고 불쾌한 듯 손으로 닦고는 기분을 털어내기 위해 잠을 자러 갔다.

# 폴트에게 온 편지

경위가 바싹 말라버린 입과 두통을 느끼며 잠에서 깨어났을 때, 근무 시작까지는 몇 시간이 남아 있었다. 몇 초간 그는 무엇이 그를 깨웠는지 알 수 없었다. 누군가 문을 두드렸다.

"여기 자네에게 편지가 왔어. 아침 일찍 브룬도르프에서 남자아이가 가져왔더군." 에른스트 휠렌바우어가 말했다.

"맙소사. 어서 이리 줘." 폴트는 서툴게 봉투를 열었으나, 손이 떨려 그만 떨어뜨렸다. 그는 줄이 있는 종이 한 장을 손에 들고 있었다. 선명하나 세련되지 않은 학생 글씨였다. 위에는 "카를 브룬너, 브룬도르프 28"이라고 되어 있었고, 아래에는 "시몬 폴트 경위 귀하, 부르크하임 56"이라고 쓰여 있었다. 폴트는 겨우 소리 내어 읽었다.

자백. 나 카를 브룬너는 올해 10월 7일 연결통로를 통해 닥트로 알베르트 하안의 지하 저장고에 발효 가스를 가득 채웠다. 난 그를 죽일 목적으로 이 일을 했다. 왜냐하면 그는 너무나 많은 죄를 지었고, 법은 그를 잡을 수 없기 때문이었다. 나 혼자 그 결정을 했고 혼자 실행을 했다. 알베르트 하안이 자신의 지하 저장고로 들어갔을 때, 이웃 프리드리히 쿠르츠바허가 이를 알고 나에게 도움을 청해왔다. 그 순간 나는 다른 방도가 없었고, 우리는 알베르트 하안을 돕기 위해 저장고로 달려갔다. 그러나 그는 너무 무거웠고 죽을 수밖에 없었다. 난 나이 들고 병도 들었기 때문에 불쾌한 일은 피하고 싶다. 그래서 다락에서 러시아 시대 때부터 집에 있던 총으로 이 문제를 해결할 것이다.

신께서 내 죄를 사해주시길.

카를 브룬너

경위는 말문이 막혀 굳은 채 서 있었다.

"이제 어쩌지?" 잠시 후 휠렌바우어가 물었다. 시몬 폴트는 오랫동안 대답을 하지 않았다. 그러고는 브룬너의 편지를 조심스레 접었다. "이것은 자백일 뿐 아니라 내가 집행해야 될 유언장이군. 아마 그런 것 같은데." 그리고 그는 전화로 필요한 모든 일을 처리했다. 잠시 후 그는 유서를 상관에게 건네주었다.

하랄드 망크는 그것을 세심하게 반복해서 읽고는 궁금한 듯이 폴트의 얼굴을 쳐다보았다. "자네가 아는 모든 정보에 의하면 정말 그런 건가?"

"그것을 의심하는 것은 아무런 의미가 없을 겁니다."

"하여간. 정말 바보 같군. 곧 보고서를 작성하겠지?"

"제가 할 일이 뭐가 남아 있겠습니까?"

다음 날 수사관 크라트키가 빈에서 왔다. 폴트는 이 환상이라곤 없는 회계사의 얼굴을 형식적으로 쳐다보았다. "아주 잘 해결되었어요, 그렇죠? 그런데 당신은 정말 도덕적인 격분을 살인 동기로 보시오?"

"그럴 수밖에 없지 않습니까." 경위가 대답했다. "아마도 그는 혼자만 간직하고 싶은 다른 이유가 있었을 겁니다. 어쨌건 우리는 더 이상 그 이유에 대해 들을 수 없을 겁니다. 그런데……." 그는 덧붙였다. "기본적으로는 온 마을 이웃들의 반이 하안을 죽였어요. 그리고 나머지 반은 그에 반대하지 않았고요."

크라트키가 말했다. "범죄를 저지른 저 밖의 존경스러운 사람들. 난 자신들이 무슨 짓을 하는지 아는 진짜 사기꾼을 칭송하오."

크리스마스 이틀 전, 늦은 오후, 카를 브룬너의 장례식이 거행되었다. 그것은 엄숙한 고별식이었고, 거의 모든 마을 사람들이 참석했다. 그 후 그의 몇몇 친척들이 슈텔처의 음식점에 모여 있는 동안, 이웃들과 친구들은 프리드리히 쿠르츠바허의 지하 저장고에 모였다. 시몬 폴트도 있었다. 카를 브룬너를 칭송하는 이야기들이 이어졌다. 나중에 모두들 약간 취했을 때는 조심스럽게 밝은 분위기가 고조되었다. 시몬 폴트는 한켠에 물러나 있었는데 요셉 샤힝어가 그를 살펴보면서 다가왔다. "당신도 우리와 같군요." 그가 낮게 말했다.

"아뇨, 아닙니다." 거칠게 대답하면서 몸을 돌려 쿠르츠바허를 찾았다. "내가 돌아가면 화낼 텐가? 나한테는 이 모든 것이 조금 힘들군."

"괜찮네. 숙면용으로 한 병 줄까?"

"아니, 그러지 않는 게 좋을 듯하네."

거의 집에 도착해서, 시몬 폴트는 전화벨 소리에 소스라쳤다. "네, 폴트입니다."

"나야, 카린. 괜찮아, 어때요?"

"괜찮아."

"내가……."

"아니."

"알았어."

그는 그녀가 수화기를 내려놓는 소리를 들었다.

그날 저녁 시몬 폴트는 한 방울도 마시지 않았다. 그는 그냥 거기에 앉아서, 브루노 바르틀의 이빨 흔적이 남아 있는 오른손을 쓰다듬고, 이마와 두 눈을 쓰다듬었다. 머리와 손은 서로에게 뭔가를 이야기해주려는 듯했다.

## 와인 창고 살인 사건 (원제 : POLT MUSS WEINEN)

1판 1쇄  2010년 11월 15일
  3쇄  2011년  4월  5일

지 은 이  알프레드 코마렉
옮 긴 이  진일상

발 행 인  주정관
발 행 처  북스토리
주    소  경기도 부천시 원미구 상3동 529-2 한국만화영상진흥원 311호
대표전화  032-325-5281
팩시밀리  032-323-5283
출판등록  1999년 8월 18일 (제22-1610호)

홈페이지  www.bookstory.biz
이 메 일  bookstory@bookstory.biz

ISBN 978-89-93480-60-3 03850

※잘못된 책은 바꾸어드립니다.

이 도서의 국립중앙도서관 출판시도서목록(CIP)은 e-CIP 홈페이지
(http://www.nl.go.kr/ecip)에서 이용하실 수 있습니다.
(CIP제어번호 : CIP2010003535)